안녕, 나의 創世 편의점

구지혜 시집

41

시와정신시인선

안녕, 나의 創世 편의점

시와정신사

시인의 말

습기가 차기 쉬운 심경은 곰팡이가 잘 슬지요.
마음 가루가 덩이로 굳어져 환기가 잘 되지 않을 땐
응도당凝道堂 마루에 벌렁 누워
조선의 여인이 되어보는 상상을 하곤 합니다.

왜 하필 조선의 여인이냐고요?
글쎄요?

당신을 만나 도끼를 들어서 자작나무 밑동을 팼지요.
그러는 동안 불쑥, 오른팔은 'ㄱ'자 닮은 낫 한 자루 되어갑니다.
수많은 당신이 망라된 기호 같습니다.

외딴 골 대장간에서 당신 자신만의 고유한 숫자를 맡아
한 며칠 조용히 앓다
숫돌에다 소수점 아래 자릿값을 대고 서걱서걱 갈고 있지는 않나

하곤, 부끄럼으로

이 가을은 점점 문턱이 바래지고
햇살은 숙성되어 별스레 산사 고요마저 애연합니다.
바람이 일어나 소슬합니다.

당신을 마주하는 동안
사랑은 알아가는 것이 아니라
이해하는 것이라고 새삼 깨달았습니다.

무게의 결들은 아름다운 고독이 되어갑니다.

2022년 11월

차 례

____ 제2부 바람의 끝에 닻을 내려 아스라한 곳을 좇아

_____ 제1부

당신이 되는 계절을 넘기지 못해 죄를 앓는다

물멍

  농도 짙은 산영에 멍울을 적시고 앉아 아름답게 무너지
는 색色을 만나고 싶다
  바람을 잔뜩 들이고 노을에 길을 잃고 싶다

  아가미 되었다가 허파 되었다가 흘러 다니다가 역류한다
저 문장 속엔 부레가 있다 아니 지느러미 없다 안개가 있다
떠다니는 검은 눈동자 보이지 않는다 구겨진 마음 펼 수 없
어 한동안 애를 먹는다

  깊을수록 외롭지 않은 사랑이 있나

  속으로 흐르는 시간은 불안이 출렁일 때가 많다
  여기 파랑波浪이 일고 있다 '안녕'을 고하는 당신의 늪

  고요해질 때까지 물결의 울음은 그치질 않는다

  하늘은 호수에게로 건너간다 호수는 파랑으로 온몸 물들
인다 그들의 마주 보는 세월이 조용히 깊고 넓게 맑아진다
는 사실 그때는 몰랐다

당신이 되는 계절을 넘기지 못해 죄를 앓는다

우리는 구름이 중요하고 간절하고 추억은 차갑고 결핍은
결핍을 먹고 자라고 부재는 가장 바깥쪽으로 기울고 숨은
희미해지고 해는 조용히 시들고 강은 평온을 준비하고 저
녁은 최선을 다해 헐렁해지고

주름

햇볕은 다리를 놓아, 빛의 수위
가득 반평생이다

굴절이 시작된 경계부터, 모든 프리즘은 당신의 바깥이
다 부서져 온 곳에서 시작된

아이덴티티

육체를 홀로 구르던 두 페달은 안장을 네 발 의자에 앉힌
다 다리 밑,

금세 흘러간다

어제보다 한 뼘가량 어두워진 빛의 둑에서 작은 씨방이
머물다 간
그늘 냄새가 바큇살을 돌리고 있다

가을 강의 뿌리와 줄기는 웬일인지 빈 나무 의자 하나 나

의 곁으로 바싹 다가세우고 있다

　금세 올 날리는 구름의 흰 머리카락
　낙조는 구름을 찔러 벌겋게 취하게 해야 한다 옷깃을 바
람으로 풀어 헤치는 바늘처럼
　살갗을 여미지 못한 곳에서
　오늘이 하늘 구멍으로 잦아지는 항구에서

　나는 물감 한 돛 가득 싣고 있다
　주글주글 물 괸 이마에 비단 고름

장승

저 끝, 영혼이 시작되는 곳에서 바람의 피안 일곤 한다
까마아득한 직선은 가느다란 수평선 따위의 미신을 흔들
어 귀청 울리곤
새들의 그림자 핏발 선 내 눈 속으로 낯을 가리지 않고
회오리치다 말줄임표로 점점이 무리를 버리곤 한다
어둑한 기슭으로 벌건 부적이 철새들의 울음을 모으곤
한다

허연 강의 속살 위로 털가죽 다 비치고 있다
두 눈에 퍼덕거리는 모래알 같은 형식학 길게 빼 싸락눈
흘러내리고
맑은 고요는 학 둘레에 내용을 뗀다
싸락눈처럼 자꾸만 발밑으로 헛걸음 소리 미끄러지고 있다

정지의 군불은 때론 얼마나 그을음 뒤집어쓴 유년인가
아궁이는 까닭 없이 내 앞에 쪼그려 앉아 길쭉길쭉한 부
지깽이로 카오스 가장자리에 사그라져가고 있는 연기를 뒤
적거린다
여기서 벗어나지 못하면 매운 한참과 뒤엉킨다고 눈물은

생각한다

　구름이 걸어 다니는 맨발의 구름과 구름의 맨살 위에 뭉
쳐진 굳은살의 구름,
　구름을 벗은 구름과 구름을 껴입은 구름
　구름 아래

　눈동자, 후드득 빠뜨린다

죽은 구름

못을 가려 못은 못 감추지 않는다

단 하나의 얼굴 드러내며 늪 거울로 마주한다

흐르면서 언제나 제자리,

끊임없이 변한다

아무런 말 없으면서 말을 걸어오고 있다

달이 못 속으로 빠진 나의 그림자를 건진다

태음력은 나의 몫이어서 아득하다

흘러가지 못하는 못은 오목하게 피어 있다

카멜레온chameleon

목백일홍은 난해하지만, 백일홍은 납득한다

사람이 필 때
오래된 시공을 이해한다 사찰은 얼마나 아득한 프라이버
시인가
매끈한 줄기 끼고 올라
가지 끝에 피우는 각처럼

관계가 질 때
그 이력은 남아 견해 속에 있다

단청으로 피운 보안은 안 여닫이문을 연다 비상 탈출은
은둔으로 맺힌 사리인가 맺힌 매듭을 피운 비상 탈출과 안
여닫이문을 푼 보안

바깥 꽃살문 사이

면의 긴장을 여는 각은 후리다

씨방의 사생활과 암전暗轉
그리고 각도 흐드러진 사당의 뒤안길에서

황홀한 재앙

팔 길게 뻗어 가랑비의 이름을 잡으려 한다
한 치 앞 안 보일

틀의 의식 깨지 못할 땐 자작나무 검열 없이
시베리아 벌판을 잃어버리곤 한다
돌덩이 집어 들고서 잠겨 있는
연애의 문을 찍어
손목에 바르려는 것 아니다
낮에 혼자 걷는 거리가
꼼짝하지 않는 바위 같아서,

제비꽃 밑바닥에 가라앉은 무의식
왜 보라에게만 들키려 하는지
하찮아지고 슬퍼지고 외로움을 느낄 수 없다면
아무 개천이나 때 오기를 바라는,

무덤이란 말 할미꽃을 통해 말 걸어올 때면
말이 말이지 말이야 알아채고
아득히 있어도 귀를 더 씻는다

큰비는 가겠다는 말인지 안 가겠다는 말인지
색깔로 맑게 잎이,

주검 또한 상생하기 위함이다
폭우에 대한 존재를 스스로 가진다
휘몰아쳐 오는 축대가
억눌려 있던 검정을 말하여지는 것이다
진실한 생활로부터 늑대와의 춤
매 순간 자체自體를 만들어가는 변신이다
깨달음이 오면
그때
앎 전에 없던 것이 수반隨伴된,

이곳과 저쪽의 경계에 서서
곧, 소외와 공포가 밀려올 때
이곳이 아닌 저쪽으로 가서 말하고 말이지
모든 것들 거기 있단,

말에게 못 할 말 있겠어

말은
도대체
말이란 말인가 말일까
말은 말에게 말 멀어

도道란 무엇일까
하면서
그 순간 곧 적멸寂滅일까
하면서

겨울과 여름 사이

어제 같은 날씨 간다

내일 같아야 할 날씨 존재하지 않는다
그래서 훗날 날씨를 지우다 문득
어제 같은 날씨 어깨에 기대며 살기로 하는
날씨여도 좋겠고,
그것은 진지한 명상의 날씨 될 수 있다는 감각이다

날씨는 이곳과 저곳을 소통하게 하지만 위계화시키기도
한다
강한 날씨가
약한 날씨를 지배하게 된 것을 뜻하기도 한다
날씨의 꿈을 자라게 한다
그것은 식물학적인 슬픈 족쇄
신에서 벗어나고자 운명을 만들고 이성을 발달시키지만
다 똑같은 굴레의
날씨가 된다

날씨는 날씨를 피우려 한다
지금까지 돌아간 날씨 새로운 씨방을 틔우고 있다

날씨가 정체성이다
아무리 피워온 날씨를 피워도 다시 피워야 할 날씨 있고
또 어디에 틔워야 할지 모를 날씨 있다

날씨가 차기작이면 어떤 날씨 선택하느냐에 따라 세계는
달라지고,
선택 자체가 날씨의 속성이다
느낌이 틔우지 않는 날씨는 영원한 날씨 된다

날씨 저물고 사진 속 날씨 저물지 않는다
그 작은 액정 감옥 속에 갇혀
같은 얼굴로 화장을 지울 수 없는
날씨, 하나 꺼내
다시, 오늘,

나를 심는다

바닥의 감정

맨살로 오더라도 덜 건너간 천 개 빛 아래 물빛 벗는 무색마저 괴어 있더라도 사람이 흩어지는 날은 무색으로 여름을 다 불러

모았더라도 구름 저택에 노란 민들레 홀씨를 배달하는 별빛 하나 아가미 들추었더라도 선홍색 물고기처럼 뜬 판화 기약을 뻐끔거리더라도

큰물에서 놀아야 한다더라도 어떤 큰 고기던 큰물 되어야 한다고 하더라도 꽃이 지느러미를 찾지 않더라도 큰 나비는 날개 밑에서

찾아간다더라도 큰물이 유등천을 건너고 있더라도 큰 물을 드러내더라도 꼬리 잘린 고양이 관절 뒤로 꺾인 시체는 창자도 없고 단단한 부리 한 마리도 날지 않더라도

가슴 구겨 넣고 압축된 몸통의 부리부리한 눈을 따고 들어가더라도 밑면에서 윗면 끝까지 원기둥 둘 열고 비워가더라도 단지,

한곳 깊이의 서체로 흔적의 부피가, 비우고 채우는 것들의 근거를 측정하더라도

늑골 하나

젊어가는 마당에 으슬으슬 한기 올라온다 후미진 바닥을 때리며 격한 목소리 힘을 넣어 튀어 오른다 떠나는 마당에 전에 없던 체념의 취기 타전한다 여름 마당 중앙에 가득 고인 호기 왈칵, 쏟아졌다

구름도 때론 관절염으로 바닥에 몸져눕고 해가 어금니를 꽉 다물고 한 얼굴이 가고 한 계절이 오고 나는 게릴라성 계절풍 한 그루 바람받이 정자亭子 시간이 명료한 원림原林의 자세,

검온할 체온계 눈금 읽으려 푸른 옆구리 사이로 들어갈 때, 그 무렵

0

세우고 중창하다 소실되어 재건하여도 공은 무럭무럭 나타나고 그사이 무너지지 않는 감각적 현현懸懸, 공이야 늘지 그렇지 너무 오래란 말이야, 너무 오래야, 초록 오고 삼베옷 입었으나 산사는 서툴지 않고 나는, 공 한마디 바람에 너무 오래가 그사이 단박에 풀이 죽어

막 구부린 절은 아니지만 잘 키운 절은 이해해, 매캐함으로 우리는 절을 이해해, 욕망은 얼마나 큰 불길인가 켜켜이 쌓아놓은 절 마당 뒤 부푸는 굴뚝처럼 적당할 때 망자의 옷가지를 태운 뜻 풀어지는 절로 읽네! 기왓장은 절을 올린다 해우소 위에 있는가 대웅전에 닿지 못한 기왓장과 글씨가 시든 담장 사이 절의 동공은 언제나 그 자리 경내를 내려다본다 바위틈 사이로 쏟아지는 생명수 빨간, 초록 수북이 피워올린 짙고 연한

색즉시공色即是空 공즉시색空即是色,

변명辨明

직립의 대부분 이상과 현실 사이의 거리와 관계하고 있다 이상과 현실 사이의 거리는 모두 제각각 그 일관성 이해할 거리가 깊다 그 역시 여태껏 수많은 거리를 허용하지만 때때로 비 내리는 밤거리 두지 않고 싶을 때 있다 둘 사이 간격이 자유롭게 서 있는 그 가정의 거리 의심할 여지없다 그와 그의 우정도 좀 더 먼 거리 손 뻗으면 닿을 수 있다 그 일은 거리의 일 몇 거리를 재 보던 그는 서로 존중하고 배려하는 거리에 서 있다 모두 직립의 거리를 잘 이해하게 되겠지만 때때로 끼닛거리로 우유와 빵이 서 있곤 한다 어김없이 그에게 거리가 있다 그, 앞으로 거리를 두지 말고 잘 지내자 오늘이 지나가면 그뿐, 그 누가 거리를 비켜설 수 있는가 그는 분명 토의할 거리의 선을 세워놓고 거리에 흙먼지 날리며 질주한다 유일의 거리는 곧 구름을 몰고 올 것 같다 그러면 곧 비가 내린다 그 가늠할 수 없는 거리는 얼마나 거리상인가 이 사이의 거리를 위해 가엾게도 얼마나 많은 거리와 읽을거리 주위를 비틀거리는가 그러면 거리는 말한다 반나절 거리도 안 되는 거리 자정이 되자 거리에는 거리가 드물다

경건한 잠

　겨울 강가에는 하얀 부재로 덮여 있다 입 다문 존재감에 대하여

　뭍으로 걸어 나온 구두와 운동화가 존재감을 선명하게 그리고 있다
　변명 없는 이별의 손 하나에 대하여

　시야를 잃고 수증기처럼 번져가던 수다는 온 동내를 들썩이게 했다 치매 요양 병원 문은 강언덕 눈밭을 걷고 있다

　이별의 손 하나에 쥐어지는 영혼으로 이어지는 의문의 모스부호, 깊어가는 별이 여울져 흐르다 빛을 끄고 유성이 되는 것에 대하여

　겨울 철새들 홀연히 기우뚱 푸드덕대다, 일순간 소식도 없이 부재를 접는다

　겨울 강가에 쪼그려 앉아 성호를 그리는 별들

언 강 펼치는 겨울 삽화揷畫가 매섭게 치밀어 오른다

오늘도 겨울 강가에는 냉정의 살갗이 빙설로 덮여 있다

모래의 모레

달궈진 모래 평상 그 위에 여자의 배를 포갠다 오후의 아
지랑이 따갑게 찢기고 대지 위로 합장된 은빛 밀어 프란시
스 베이컨의 루시앙 프로이트의 머리처럼 아른아른거리는
사막 머리카락의 날 선 어둠이 스칠 때면 돌아오지 않는 낙
타를 기다리는 히잡 여인 발등이 어둡지 않도록 다독거려
파고가 바람에 엉켜 귓바퀴를 켠다 바람에 떠내려온 거뭇
거뭇한 미역처럼 어둠은 시간의 굴레에 갇혀 서늘한 가시
를 내민다 만곡 같은 어느 날 저녁 온 밤 푸른 문장 꽃잎에
베어 홍조 띤 피를 찔까 봐 검은 바다의 뒷문을 따고 들어
서는 욕창 투명한 그림자가 이편과 저편을 일렁이고 천장
없는 하늘의 내용처럼 오래 피워도 될 검은 모래 언덕 삭풍
에 갈라지고 햇볕에 그을려 내면은 침묵으로 뒤척여도 아
직 밀려오지 않는 어둠은 결국, 갈증에 박혀 빠지지 않는
토혈 그 지린 파도와 전갈의 울음으로 늙어가는

검푸른 하늘 하나로 헝클어진 구름 같이 덮고 부동의 자세를 빚고 있는 당신 안에서

어쩌다 그때 포대기로 싸 업고 있는 보라에게서
갓난아기가 등 밖 도랑에 떨어졌을까요

도랑에 처박힌 갓난아이가 물보라를 일으켰어요
물보라가 어쩌다 뱃전에 바다를 일으킬까요

바다가 맑은 날에도 수평선이 일면
수평선은 아득한 풍랑에서 물보라가 흐려지는 것을 멍하
니 보아요

물보라의 내력이 파도 한 장에서 물거품처럼 읽혀요
물거품은 그게 보람이었겠지 하구요

보라, 거긴 갓난아기의 궁지였으니까
궁극의 품에서 갓난아기 표정을 읽을 수 있으니까

표정은 보라에게 아침마다 정신병원 약을 먹여요
약, 봉지 뜯을 때는 어김없이 갓난아기의 표정을 지어요

표정은 새파랗게 질리고 새파랗게 물보라가 질리고

물보라가 까무러치고 갓난아이가 까무러치고

갓난아기는 앙앙 울음을 터트려요
울음은 팔을 어깨 위로 쳐들고 나비꿈을 꾸었지요

꿈은 갓난아기 옆에 보라가 있다면
보라 옆에 정신병원이 없다면

병원은 궁지보다 더 보라인 걸 보라
보라보다 시퍼런 멍

멍, 갓난아기 인형 하나를 포대기에 싼 보라에게서
보라가 일고 물보라가 일어요

보라를 보았나요

심장의 색色으로

꽃 중의 꽃 연두가 새끼발가락 끝으로 숨죽여 풀려나올 때부터였다 그 무렵부터 해일이 일면 미숙한 잎눈들 속으로 당신 한 마리 절여 들어오고 정자가 내다뵈는 언덕의 집 한 칸 소금물에 잠기고 있었는데

전생에 연두는 당신이었나

노란 물거품 뚝뚝, 삐죽 솟은 섬 기슭 주춧돌 사이 흰 꽃눈 꽃 틔웠다

수천의 덥수룩한 허깨비들 얼얼할 때 한쪽 뿌리를 몰래 파고 있었다 암회색 젖꼭지들 덕지덕지 붙어있는 무 쇳빛 낮은 파란波瀾 흙덩이를 찾아 바래져 가는 둥지 동그란 온 힘 빨아올렸다

이따금 낯선 등허리들은 수수깡 같은 수렁 휘감고 앞을 보이지 않았다 여기저기 움푹 파인 당신 안으로 벌겋게 알 슬었다 실없는 알들 줄줄 미끄러졌다

장마 끝까지 잔가지에 갇힌 여름날, 어스름한 팔자주름

은 가계를 꼬고 자꾸만 물결치자고 벼랑의 눈빛 환한 애원 사이를 찬찬히 살폈다 그런 날 서둘러 뾰족한 서쪽의 가시 해의 허리에 깊숙이 찔리곤 했다 그러자

떨떠름한 가을 초입 속 들어앉은 육신의 볕마저, 암초는 살덩이 찢어 바람 위에 꿰어 불려놓았다

그림자 사이로 수천의 발가락 가랑이들 조금씩 종아리 밑 속으로 꿈틀대자 우둠지 군은 처마는 따뜻한 절벽 살쩔 형편 기다리며 근육 아래 발뒤꿈치 자꾸자꾸 삐져나와,

어느 날 당신은 빈자리로 폐가를 살찌워 나갔다 불 꺼진 육신, 서까래에서 빠드득 천장 뒤틀리는 소리, 박쥐를 끄고 어디선가 날아든 어둠과 사투 벌이는 빈집

한 번 더 초입 힘내기 시작한 11월과 12월 불꽃이었다 구 멍 난 문틈 구멍 눈뜬 채 검은 바깥 쉬어가는 파도 소식 아 득히 저물 때

심장 끝자리에서 시뻘건 새끼발가락 하나 꺼내놓고 저만치 떨어져 먼 호흡 실낱같은 지평선 너머 간당간당 실핏줄 터져

무기수無期囚

여름, 가을, 겨울 견디어 풀려나온 죄수罪囚
봄으로 이송되었다

뿌리에서부터, 모든 수감收監은 캄캄하다 한 시절 응보應
報로 헐거워지는 꽃잎의

혈색,

수도꼭지에 고무호스를 이었다
이 속으로, 몇 리터의 과업課業이
흘러들었을까

나를 뿌렸지

흰 플라스틱 우두커니 찬,

저녁을 묻히고 돌아오는 저녁 하나 있다
하루의 통증은 다리로 모여든다

가느다란 혈관이 눕지 못하는 것에 박동을 가하고 있다
시멘트 독 오른 철사, 다리의 어둠이 쟁여 있다

왜 오늘도 손에 거머쥐건 희멀건 막걸리 한 병뿐이냐
그는 그것이 적막을 오르게 하는 유일한 허공 손이라고
생각한다

어김없는 새벽을 향해 고르지 못한 식탁 다리 삐거덕거
리는 통증이 차려놓은 흰 플라스틱 우두커니 찬,

취기가 고꾸라지다

빈 내장에 데워진 뜨거움은 최고의 성찬이라고 웅크린
새우잠 발가락 끝까지 온기를 덮는 새벽

생生은 새벽의 목구멍을 잘 견딘다

새벽의 얼굴은 가장 적막하다

몰려오는 여름

몰려오지 않았다 어느 그것도 검푸른 수목들의 짙은 녹음에 숨어 살지 않았으니
나는 밀려오지 않았다

너울거리는 푸른 여름에 이끌려
들이닥치는 수십 마리의 매미

나의 울음보엔 입구가 없다 삼키는 출구만 있을 뿐

그것들 고꾸라져 한때 베짱이였던 어느 모퉁이를 기억한다
개미였던 한때 무장된 억센 허리를 기억한다 그것들

여름의 한가운데는 일기 예보가 없다 산들이 한철 쏟아졌다

어느 것도 짙은 여름에 숨어 살지 않았으므로 검푸른 안개를 떨며 짙어가고 있었다

울음통 이파리마다 묵음默音을 토해내고 있었다

도깨비바늘

낡은 민물에 와서 노란 물고기알 띄운 쌍화차 한 잔 시킨다

쌍화차 한 잔 속에는 오래전 소금 지느러미를 잃고 바다를 파닥이던 가물치, 메기, 미꾸라지, 참게, 참붕어, 송사리, 쏘가리, 가재 한 동이의 과거에 여울이 돌고 있다

이젠 지난날 뱀장어 떼가 물장구치지 않는다 인어 아저씨를 낡은 민물에 가둬놓고 아가미를 떼어 놓는다 지지직거리는 물의 잠음 숨 가쁜 호흡을 섞고 있다

텅 빈 음역 속 여울 한 마리 피라미 축에 걸린 채 울고 있다

나는 나선 모양 홈에 골뱅이를 새겨 민물의 귀에 올려 놓는다 이것이 형식을 헤엄치는 과거 흘러온 산굽이를 거슬러 오르는 공명을 돌며 축으로 부를 수 없는 근심 속에 소용돌이치고

돛은 숨을 달고 밤새 여울물 차고 떠올라 과거의 소리 물

가죽 어느 지점에서 고출력으로 수심愁心은 어두워지고

　물살이 실제實際 축이 되면 생성生成은 모든 음音이다

　민물의 지느러미인 해와 달, 레코드판 염분을 조율해온
축음기, 물비린내 악보가 오래되면 낯선다는 것, 슬프다는
것 오래,

　쌍화차는 레코드판과 멀어지고 아가미에 잠겨도 완창 너
머 그믐은 폭포 되고, 자리를 올려놓자 어제를 비켜 바늘이
따라다니지 않은 날까지

다리 없는 구름아, 안녕

그제 사거리는 신호등 명멸하고 어제는 흐르다 머뭇거리는
젖은 어둠 살폈다
그때, 내 앞에 빠른 속도로 들이닥친 것

그제와 어제 너머

빨강 신호등의 부음과 구름의 무너짐, 나는 체념에 잡히
는 것, 절망을 다녀온 것

저기압은 자욱이 먹구름을 풀어헤친다 대기의 수렁에서
떨어지는 검은 머리카락, 젖은 시간 털며 훌쩍이는 빗방울들

찰나로 견뎌내는 존재의 심장,
딜레마는 이렇게 아찔하다 속수무책은
이렇게 열대성 저기압

꿈속에서 구름과 구름다리 너머
구름이 나를 태운 것인지 구름이 나를 탄 것인지
먹구름에 잠길 때마다 사거리 바닥의 다리 휘청거린다

이쪽과 저쪽 건너의 생生

　우리가 우리의 다리 되어가는 중이다

　다리 없는 구름아, 안녕
　막차 같은 하루야, 안녕

　사거리에 갇혀 바람에 휩쓸리는 나는 아득, 어디론가 떠밀리고
　내 영혼을 위로하기 위하여

　몸 안의 창백한 물방울들 갑자기 밖으로 터진다

반지하

하얀 살덩이를 눈으로 할퀴어 귀를 가까이 가져간다
웅얼거리는 구더기 속 악다구니 들을 수 있을까

깨진 장독대 밑창에 빈소를 튼 발 없는 늙은 여자
빨강, 노란, 하양 향기 따라 흔들리며 피어나는 꽃들

작년에 입혔던 치수도 안 맞는 모가지 꺾인 해바라기의 만추
움푹 팬 두 뺨 싸리울 사이, 내려앉은 아침 햇살 살포시 내민 이엉 꼬리 맞물고

헛꽃의 자리에 정사를 틀자던 구름의 농 한줄기마저
아침 햇살 드리겠다 터무니없는 날씨의 낭설 하수구로 굴러 버렸다

지난봄 흰 머리털 위에 잘 익은 노란 남자를 꽂았던 어사화는
붉으락푸르락 복받친 울음, 성품이 일자무식 천둥의 혼백마저 고약한 방전 소리 아득하다

가장 늦게 게으름 치더니, 무너뜨린 바람 밑 낱알마다 다시 피는 꽃씨 한 알 떨어뜨리지 않았다

　통 뱃가죽 등짝에 달라붙을 때면 멀어지던 궁핍한 살림살이 어렵사리 꾸리고 대추밭의 연민 너스레 살찌우고 있다

거머리

겨울 저녁은 쉼 없는 후원자
집착이 파고 들어간 자리마다 퍼렇게 보이는 흰 뼈
일으켜 세운 한 그루 물이 거울로 서 있다

심장에 뜨거운 절기를 내주지 않았다면 찬바람은 온종일
붙어있는 고시원 쪽을 지지했을 것이다

질긴 고집을 떼지 못한 자리는 몇 개의 계절이 섞여 들어
뭉툭하다

한 계절을 나는 동안 나를 찾아와 매달리겠지 인내를 꾹
꾹 짜 한 방울씩 수혈받고 있다

그리곤 동안거에 들었다
오래 살가워지면
새까만 흉터로 묵묵해지는 다락방의 피 흡혈하는 생처럼
길들인 망각
저 너머
왜소해지는 시간의 소실점이

막대한 한 시절, 새살 되어 햇볕 돋아날 때

추억이 기꺼이 풀려나도 집착은 잡히지 않을 것이다
그러므로
계절의 쪽방에는 흔적이 없을 것이다
당신이 착취한

핏기 없는 잔가지 끝에서 고시원은 막 자리를 펴고 있다

다리 밑에 움막을 치고 있는 각종 운동 기구의 어느날

코와 입 버리고

바람은 중천中天 속으로 아무것도 깊어지지 않고 꿈틀거리는 해를 받아 못 속에 흔들흔들 수양버들은 제 그림자를 빠뜨린다 수심 늘어진 한낮은 쉽게 천근만근을 잃고 믿음 없이

척척 두터워지고

호밀밭보다 더 무성하게 무리 지어 솟은 키 큰 갈대 위로 쓰적쓰적 한 뭉치 여자는 너울거리고 한없이 순환하는 천변川邊을 따라 입 다문 강은 아무것도 묻지 않고

홀로 바닥으로 흐르기만 한다 무성한 근심 축 늘어뜨린 복면한 공겁空劫, 어디선가 멈춰버린 일상을
기억해 내고

털버덩 물 위에 내려앉는 몇 마리 물갈퀴와 털버덕털버덕, 아무것도 할 수 없는 입체 밑 젖은 그림자 청둥오리를

파닥거리며 해가 저녁의 목에

　중턱을 걸고

　천변 둑 다리 밑으로 비릿한 수심의 흔적들 근력이 자라고

터널

가령 말하자면 겨울에서 가을까지 당신의 단내만큼 거센 숨결
밀려오면 단숨에 여울지는 아득

절망을 몰아쉬며 이상理想은 바다를 헐떡거린다

파도가 부서져 소리가 수북이 쌓이는 담장 밑

양지바른 자드락에서만 끝없이 너울진다 조수潮水처럼 밀려오는 가장 얕은 곳에서만
가을에서 겨울까지 겨울에서 가을까지

당신의 계절로 순환되는 궤도 바깥에서

산기슭 넘실거리는 동요를 피워 잠긴 물빛 발목을 감돌아 흰 물결 흘러내릴 때

가늘게 지펴지는 하얀 심장 숨결이여, 낯선 골짝마다 흘러온 어제의 비탈 밀려왔다 쓸려가고

모든 마지막이 심해 속의 별을 침잠沈潛시킬 때

대지는 어둠 속으로 돌아가 새로운 개안開眼으로 발한다

그러나 어떤 형상도 난분분하지 않았으므로

가령 말하자면 겨울에서 가을까지 숨결의 높낮이만큼 아
찔한 속도

시속 16.9도, 17도, 20.1도 그리고 나는 바람을 몰아 전속
력으로 항진한다

구름의 행선 따라 역행하는 돛을 달고

바람의 끝에 닻을 내려 아스라한 곳을 좇아

백야白夜

꿈은 발길을 꾸게 하고
마음은 마음을 옮겨 그곳으로 움직이게 하는 마음의 지
느러미,
혜적인 바람 비린내,

무거운 담돌이 머물던 그 자리, 뒤늦게 무너진 하늘 하나
들어보니
터진 발자국 깔려 있다

차갑게 식어버린 돌

굴러가다 절망하는 야무진 명백함으로 이어지고 결여缺
如하여 몸 닦고 나온 조약돌 같은 얼굴로 허허로운 공간 속
에서 깨어지면서 뭉쳐지는,

아무렇게나 한 장 더 올려본다 때 묻은 일기장과 안녕이
원고지 흔들고
온기 속으로 기어드는 싸늘한 달빛 데워올 때

굴러왔습니다. 찢어지는 민담
굴러왔습니다. 구겨지는 설화

환웅, 웅녀, 단군 돌 아래 돌 위 받치고 틈 메워 소연한 탑
으로 서 있는 것처럼
돌 아래, 돌 위 겹꽃받침 우리 받치고 틈 메워 처연하게
필 때
낮 시절 없었다고,

박명薄明은 외진 마음 쬐고 발길 다녀간 실상實相은 그때
부터 우리 놓이기 시작한다

아주 고요에 있다 보면 발길이 우리 건너간 듯 우리는 잠
기고 열지 않으니까 날마다 우리 지느러미 꿈속 헤적이며
다닐 때,

이쪽은 항시 어디나 있고, 이쪽은 항시 어디도 없다.

그리고 흙을 세워놓고 물끄러미, 빈틈없는 '나' 놓는 하

얀 어둠 속으로 걸어 나온다 풀려나 타인의 시선으로 끈끈
하게 묶여 있는 꽃마리 꽃다지 양지꽃 안녕들

떠발이

장기의 안과 밖을 떼었다 붙였다
한생 벽관 수행해 온 타일 시공자

타일 등뼈에 망치를 두드리며
피침을 한 손에

들고

물고기의 가시와 녹슨 장미가 허물지 못하도록
속 깊은 데까지 말갛게 드러내지 못하도록

꽃다운 노모 속으로 바닥의 내장을 밀어 넣는다

망치의 두개골에 타일을 두드리며
한 손에 피침을

들고

늙은 청춘 속으로 벽의 허파를 밀어 넣는다

암 덩어리를 해부한다

하수구 도랑의 하얀 물 알갱이가
화장실 물관을 빠져나가는 극야

이제 그는 새로운 암 치료법을 개발하고 있다

핀란드의 친구들은
자작나무의 구멍을 호소하기 위해 그를 여행 중이다

꽃잎

여전히 바닥은 시간 날 기미가 없다
끈이 풀린 발자국은 감당하기 힘든 나날들을 짊어지고
간다

그러니까
나는 기별도 없더니
'살아있다' 고
'나 여기 잘나가고 있다' 고
나의 내장을 꺼내
기다리겠다는 대지 위에 기울어진 그림자를 디디고 서서
암호로 흔들린다
다른 얼굴로 영역을 표시한다

이상하기도 하지
나는 이유 없이 갸우뚱 기울어져 보는 것이다
그것은 내가 풀며 짜야 할
나의 그물이었다
벌어진 각자의 틈으로
바람이 철썩

삐거덕,

암호가 헝클어질 때마다
아찔하게 자라나고 찬란하게 늙어간다
그럴 때마다
대지의 바닥에

쩍,

어제와 오늘 걸려 있다

그러니까
나는 나대로 조용히 조용히 투신한 오늘,
어둠은 한없이 평온을 낭비하고 있다

층층이 쌓인 먼지를 어른다
창문을 열어 밀며 가는 계절에
대지의 저울을 건네준다

당신 앞에서 나비는 한참을 망설인다

염이厂夏厂

하늘에 박혀 있는 문고리 잡아당길 때가 있다
일정한 크기의

방향으로
먼 생활이 언 손가락을 끌어당길 때, 눈바람 속으로 쩍쩍
유년이 잠그려고 와 눈을 감는다 그걸 녹여
자장자장 찢어진 문풍지를 재우고 싶었나 봄은 기원起源
인가요

아직 사소한 성에조차 속눈썹에 들러붙어 있다
하필 지금 오늘에 절거덩절거덩 한겨울이 있다는 것

끝과 끝이 맞붙은 마음으로 서로가 생성될 때
손바닥이 둘러붙도록
열거나 당기거나, 하나의 심장을 잡았을 터인데
그것은 오돌오돌 떨린 온기일까요

어떤 고택 대문엔 품위 있는 문패 앙버티며 꼼짝도 하지
않는다

해와 달의 인기척 하나 바스러지지 않는,

삐거덕 이지러지는 잦은 소란에서
저곳에서 시작해 이곳으로 끝나는 저곳으로 끝나 이곳으
로 시작하는
구름에서

오랜 시간 나와 나 무섭게 오갈 때
일순, 하늘에 박혀 있는 은밀한 구멍이 생긴다
꽝 꽝 박제된 날카로운 비수悲愁

이곳을 좇으려면 깃털 없이도 부리 가슴에 묻을 수 있는
저곳을 좇으려면 한 뼘 낮아진 까치발로
방향에

일정한 크기에
왈칵, 별을 쪼는 어둠의 부리 닳아 구멍 난 세계 구멍 날
때 있다

처음과 끝 페이지

나를 끼고 해변과 함께 길 걷고 있을 그 무렵이다

달이 그 끝 선 너머로 기울어 버린 심해는 높낮이를 잃었
다
모든 것을 지우고 난 뒤 남은 하나의 검은 직선
멀리 그 흐릿한 광망光芒을 느낀다

막 창조된 그 끝 선이 한 꺼풀씩 새 빛깔을 갈아입는다
건널 수 없는 빛깔들 운집해 있다

아침노을 사라지고 높이 떠오른 태양이 은빛 햇살을 던
져 주고 있을 때다 수평선 위로 완연한 자태를 드러내고 나
면 그때부터 바다의 아침은 그림자를 짧게 드리우며 서서
히 고도를 높여 나가는 것이다

발밑에 은가루 수북하게 쌓이고

곧 철썩인다

진홍색 기운이 마침내 동녘 하늘과 햇덩이를 온통 시뻘

젛게 물들일 것이다
　이글거리며 타오르는 바다 빛 발하기 전,

　멀리 위치가 부서지는 그 끝 선 나와 나를 접어 둬야겠다

바람의 바람

  구릉, 언덕바지 하오下午 위를 온통 후려친다 은빛 꼬리
휘감긴다
  우르릉 염숀 없는 소리 땅속을 파고든다
  문장들 위로 뿌리 뽑힌 황무지 흩어지고
  고열은 온몸 여우에 까부라진다

  인습因習, 고층의 멀미를 참느라 제각각 시달린다
  창문이 점차 거세지자 파고波高가 덜컹 닫힌다
  길찍길찍 잘 자란 고양된 감정은
  곧장 넘쳐날 듯 빌딩으로 휘청댄다

  담긴 고요, 산사를 텅 비워낸다
  가지를 헤치던 휘어진 명상들 한 곳으로 잠기고
  발끝이 아슬아슬 꺾인 간절함으로 한기가 밀려온다
  낙천주의자는 관조觀照하는 정오 숲 안으로 홍분된다

  환멸幻滅, 바람에 실린 구름이 무심히 당신 가슴을 후린다
  빗방울의 찻잔을 따른다 침묵만 만지작대다
  멜랑콜리는 이상理想을 뭉갠다, 두꺼운 여우가 낮게 깔린다

굽은 소나무는 휘어진다, 뭉실뭉실 당신 허리에 걸려있다

곡괭이 꿈, 당신을 버렸다 오아시스의 여우는 어디에 있
을까
번성하는 빨간 스웨터, 모래벌판 올이 술술 풀린다
갈증은 사라진다, 먹구름만 뿌리를 내린다

비탈은 바람을 함부로 형상화하지 않는다 휘어진 소나무
의 옥토엔 여우 한 그루 융융거리고 있다

여자의 동굴

넝쿨 딸기나 찔레에 매단 거친 가시 지나 우연히 마주친 그녀를 하나 품었지, 생채기 나 있는 화장대 위에 그녀를 올려놓고 어디에 숨겨둘지 모를 삼십 촉 전구 생기 잃은 민얼굴로 날밤 새운 후에야 조심스럽게 그를 열었지 그녀를 잠가놓고 은밀한 곳에 너무 가까이 다가갔지 쥐불 정도면 충분한데 달집을 피울 수 있는 어느 가장자리에 성스러운 불꽃만 피우는 사유의 영토라 불렀지, 고르고 골라 마침내 그녀를 가둬놓고 비밀번호로 다시 잠가버렸지, 그날 이후로 문명이 밝아오자 잃어버린 비밀번호를 찾아 떠난 여행지에서 문지기가 된 그녀를 만났지 외출을 마치고 돌아온 그가 구멍에 자물쇠를 맞출 때마다 멀고 깊은 그곳에서 그녀는 바람 소리처럼 밤새 흐느껴 울었지

애쑥별곡

미래를 향한 발자국은 없었다

완만한 경사로 지어진 둔덕 허리가 철근처럼 휘어지자
해제한 봉인을 한 번에 쏟아버린 벽돌들
봄볕 다리 세워 단청 입힌 각혈의 종각

소가 한가로이 질긴 잡풀을 혓바닥으로 쓱 잘라 되새김
질하듯
과도는 허리 펴고 무릎 세워 시퍼렇게 날 세워 깎아 만든
조각상

맨 앞에 악보가 노래하고 두 번째 악보가 노래하고
세 번째 네 번째
질긴 나의 노래
하늘 향해 목구멍 다 열어놓은 채
저만치서 갓 태어난 피를 연명하는
일신一身 천금千金 파르르 파르르 합창한다

연두의 패해 좌초하고 말자 음파의 식탁만 즐기자

어린 비명 뚝 뚝 이름 부러져 떨어지고
봄의 수관 속 밑 언저리에 기저귀를 간다

기상은 열두 마디 심장을 품는다
쇠젓가락 휘젓던 신명 벚꽃 아래 선명하다

하회탈

　원래 머리털이었던 낱개를 모조리 뽑아내자 크고 환한
뜻을 지닌 일화가 된 나는
　카메라 눈동자를 의식하며 문학관 생가 싸리문 앞자리에
앉아있는 자신을 마주하고 있다

　댓돌 아래 허망이 꺾이면 연약한 재연을 경계하자 옹기
종기 꿈 꼬았던 반란은 복원된 유명 인사 생가 지붕 위 일
가를 이뤄 말쑥한 가발 뒤집어쓰고 한 올 한 올 황송한 불
심을 지피고 있다

　갈고리달은 푸른빛을 모아 이리저리 배회하는 검은 그림
자의 일상을 대청마루 천장에 못 박아 두었다

　밤을 깊숙이 내려쓴 민속촌은 마지막 탁주 한 사발이 투
영되고 주막 지붕 위 박넝쿨 걸린 무대 조명과 뒤엉켜 웃음
이 난무하고 있다

프랑켄슈타인 증후군

　강남 어귀로 먹장구름 수런거린다 수박 서리하던 자리
마다 흰 구름 한 덩어리 없다 원두막 밑 토끼풀 다보록하게
유년을 뒤덮고

　기어간다 새까만 손톱이 할퀸 토끼풀밭에서 아이의 이목
구비 흩어진 자리 누비며 간다

　네 잎 찾으려 세 잎 밟고,

　부재는 다르게 읽힌다 그때 없이 끝나지 않는 강남 이전
에도 깃들었듯이 능구렁이의 사리와 물방울 천 개의 똬리
를 찾으려 떠난 비구니

　행운 찾으려 행복 밟고,

　강남 어귀로 먹장구름 꺼멓게 내려와 앉는다 제비가 물
어다 준 박 씨 놀부 집에 네 잎 토끼풀 가져다준다
　제비들 남남히 지저귀고 한 무더기 소식 부러뜨리고

북쪽 저 재 너머 사라졌다 나는 오늘 먼 옛집 찾아 먹장
구름 내몰고
  오전 6시가 걷히고

  부재는 다르게 쓰인다 토끼풀은 즐거워 지력地力을 넓히고
  사십억 년 뒤도 하얀 눈 속에 먹이 찾아 나선 눈알이 빨
개진 당신을 생각한다

비어있는 비율엔 바람이 잦다

눈빛으로 찰흙을 빚는 두 손
얼굴 속에 24시간은 뻘꺽뻘꺽 혈색이 돈다

검게 탄 내일의 얼굴 햇빛을 바깥에 두고 구름을 조몰락
거린다 오늘의 얼굴 시간을 버리면 무상무념의 바람을 짓
고 있다는 것을 안다

미술 시간에 만든 찰흙 인형 속으로 아이의 단짝이 왔다
찰싹거리며 놀았던 뭉글대는 반죽이 좋았던

흙의 얼굴

갈증이 머문 뒤에도 보이지 않던 갈증이 떠난 뒤에도 보
인다
주물럭주물럭 깔깔대며 돋아난다

범종의 저녁

등 뒤의 범종 소리가 눈빛이 닿는 노을에서 울린다
소리가 지워지는 응시
노을에 물든 고요는 달래듯 어슴푸레한 저녁을 쓰다듬는
다

고요가 퍼지며 울리는 방향
그리고 방향에 대한 차안

귀소가 재촉하는 이부자리 펴는 방향
그리고 방향에 대한 피안

목맨 여자의 방향은 목맨 여자보다 먼저 정화된다 그보
다 무거운 그의 일처럼
그는 목맨 여자의 방향을 겨울밤에 모색했다

그곳에서 귀는 정적이 충만할 때마다 피어나는 겹겹 까
만 달팽이관이라
거슬리면 저녁연기가 녹물을 쏘아 올리지!

그는 종각으로 가 목맨 여자의 아궁이에 멀찍이서 쑤시
개질은 한다 목맨 여자의 입천장에 묶여있는 그을음
   방향들의 평화가 울음으로 흘러내리면
   그런 소리는 고요로 짙었다 환해지지
   마침내 저쪽과 내통하겠다는 비명

   목에 걸린 형장에서 방향으로 진전된다 목을 맨 여자의
가르랑 끓는 가래와 목을 맨 여자의 혀를 깨무는 사이에서
고요가 소리를 잃고 쓰러질 때 고요의 살결처럼 감사는 종
각으로 가고 고요의 살결처럼 맹수가 입을 열고 풀벌레가
귀를 열고 고요의 살결처럼 울먹이던 아이는 온몸 피부를
모두 열고 다시 온몸의 소리마다 고요의 구멍처럼 소리가
뚫려 겨울밤의 감사 내려오는 일주문에서

   나는 단 한 발도 닫을 수 없어 열어 둔다

   언제 내 몸의 고요가 한 번 울컥, 소리였던가
   수천 낭떠러지인 내 시선은 젖은 울음의 수평선을 밟고
걷는다

달의 씨받이

행성의 태도가 연화軟化되어 있다 종부의 사생활에 근심
할 필요 없다 무서운 속도로 제 모가지 분지를 즈음, 도끼
를 품고 잔 몇 꺼풀 묻혀버린 한 시절 푸른 손발 뻣뻣해지
기 직전

음습陰濕을 몰고 오는 여름날
수탉 거기를 먹고 뿌리 없는 구름과 맞부딪치며 텃밭 바
깥으로 저지르는
비행, 아들 셋 낳아 한순간 흐물흐물해지던 혈통
달, 밭에서 물컹물컹한 살들 가매장된 채
검은 시반屍斑 번져가다 본적도 모르는 흙먼지로 떠돌다

여름 손님 별안간 시끄러운 음악과 짧은 옷차림 게다가
맥주 치른 후, 마른 바닥에서 꾸물대는 지정至情처럼 참혹하
게 향기로운,

달 안에 틔우고 있는 한 몸뚱어리 계보의 싹, 아버지 어머
니는 여행 가셨고 시누이는 시댁에 남편은 출장 이럴 때 나
이트 가서 확 당겨 쥐딫 놓아 후생을 뚫어 놓는다 땅거죽 울

음소리, 흩어지거나 높이 흘러갈 때 땅속에 성모를 쌓는 달의 씨족

  양은 냄비 안 쑹덩쑹덩 현미랑 굴 시퍼렇게 유난 끓고 자연스럽게 떠도는 묘한 기류 별스레 여름 하늘을 배회하다 외곽에서 사생아 하나 송골송골 이지러졌다 밤, 낮을 돌아보다도 파밭의 늘 푸른 떼창,

  족보도 없이 도돌이표 사이를 절로 돈다

여자의 여름

1.

여자가 아는 한 여자는 수다를 모른다
봉우리 위에 우뚝 선 푸른 능선이 세상사를 내려다보고
돌을 뿐이다

2.

여자는 색색의 감정을 달빛 아래 입히고
밤새 푸른 잎맥을 걸러낸 젖을
아무에게나 물릴 수 없는
엎드린 채 절받는 순백의 계절
장엄한 몸뚱어리 자궁 안에 물린다

3.

여자는 호젓한 언어 팔다리 잘린 바늘귀 같은 시간 쉽게
구부러져 울음 뱉는 공간 헛바닥으로 말을 꼬부랑거리기도
하고 헛바닥 춤을 틔우신 풀어진 헛바닥은 능수능란한 언

어의 마술사

4.

한 번도 제 모습 보이지 않던 바람의 밀어
파도를 타며 조심스럽게 일렁인다
구름은 비밀 한 사발을 쏟아놓은 채 더 가볍게 흐르고
있다
빛의 아랫도리는 붉게 물든 석양의 노을
낭창낭창한 생리生理를 따라
깊디깊은
골짝으로
한 줄기
햇살로
스며든다

5.

여자가 이룬 몸뚱어리

가죽나무, 갈매나무, 자작나무…….

일월비비추, 참배암차즈기, 자주꿩의다리…….
이끼, 족제비, 살모사…….

6.

여자는 여자의 종아리를 따라 오르고,
어느새
올랐던 여자의 팔뚝과 무릎을 뒤에 두고
여자의 생리生理를 따라
고요가 하산한다

7.

마구잡이로 쏟아내는 매미 울음은 묵음黙音으로 흩어지고,
찌르륵대는 풀벌레 소리 여자의 살에 접목되어
푸른 혓바닥에 고인 볕 생리生理 속으로 스민다

가람伽藍의 종소리 울리면 깊이 퍼져나가는 음산한 바람

의 내력
　지잉지이잉 음통을 돌고 돌아 흘러든 밑창

　여자의 숨결은 길고 길다
　들숨은 항문의 구석구석으로 흐르는 강물
　날숨에 털 난 수렁 짙은 냄새 흠뻑 젖는 내력

　빛이 부서지는 계곡물의 먼 뒤쪽은 지평선이 닿아 있다
　공기가 흔들릴 때마다
　여자의 향기 소리 바람 부는 쪽으로 쏠린다

　울림 오래 귀 열면 뜻밖에 여자의 배꼽에 싹이 돋는다
　오밤중 별들의 혈육 투명으로 쏟아진다

송화松花

오십 줄 호롱불의 심지 늦은 빛을 켜는 창백한 달빛 잠들 수 없는 무서움을 재운다

나는 밤새도록 솔숲을 데려다 놓고 노란 문장 바람에 솔솔 읽히고 있다

당신 저질러 놓은 야화夜火 식은 아랫목만 써내려간 지난 한겨울 밤들의 설경, 지새우고 지새우는 모든 겨울밤 고라니 한 마리 써내려간 눈밭 위의 문장

어느 해 겨울 정자교가 내다뵈는 언덕 위에 한 칸 집 바람이 읽는다 5월이 오면 불쑥 송림은 당신을 비껴들어 솔숲 나무 향기 펼친

한겨울 내내 감지 못한 눈꺼풀 솔밭 아랫목에 납작 엎드려 깊은 꿈에 빠지는 지난한 밤이다 한 겹 한 겹 솔방울 페이지 속에서 솔솔 솔가지의 숨결 타닥타닥 터지며 한 철 처절한 인공수정

꽃뱀

하늘에 취해서 창백한 건 흰 구름뿐만이 아니다

어둠 발이 묻어오는 모래 숲 사이로 스멀스멀 기어 다니다 백사장에 긴 모래알갱이 털며 화약으로 재워진 여자·세모꼴 머리 바짝 꼬나들고 아가리를 벌려 갈라진 혀 널름댄다 에덴을 향해 불 지르는 망설임 삽시간 한 마리 두 마리 세 마리 조각 난 선악과 질색팔색 파지직 허물 터진다 그러자 제일 높이 솟은 꼭대기에 피어난 복음 십자가 쇠창살에 꽂혀 처연한 이브 산산이 날리고 있다 구렁텅이를 모르는 아담은 비말도 없이 와르르 옥상 굴뚝 속에서 홀린 성스러운 살덩어리같이 퍼렇게 뒤엉키는 것이었다 그런데 금욕은 타락한 천사 무화과의 향기를 뺏지 못한 채 횟집 천장을 향하여 안도의 한숨 돌리며 여자는 흡혈귀 한 방울의 폐허까지 몰며 자정이 넘도록 성낸 꿈길 인다 에덴동산은 속 깊이를 잴 수 없는 낮은 촉수들 따라 솔방울 살결마다 무화과의 본을 분주히 뜨자 검푸른 해송이 두른 긴 띠 향해 몰려든다 사정없이 파지직 피어나는 동산 소스라쳐 놀라 멀거니 눈 알 찾은 검은 숲 희뿌옇게 여기저기 피어났다 사라졌다 피어났다 한순간 취해 버린 창백 뒤도 돌아보지 못하고 순간

덫에 걸리는 것이었다

   동편 하늘 통증으로 지새우고 뜬 눈 모르는 여자 긴 백사
장을 모르고 물결 위에 깨진 무화과나무 한 그루 원색에 취
해 꽃잎 일렁이고 있다

흰상사화

한 뿌리에 박혀있는 기형을 본다

본 적 없는 얼굴 아래 어째서 한 뿌리에 주인은 박혀있
느냐

저 여자는 어데서 왔느냐
저 여자는 어데서 왔느냐

저 주인의 여자 얼굴은 생긴 그대로임이 틀림없겠지만
주인 없이 잎 꼬리 올라가는 것 기형이라 고함은 주인은 워
낙 떠돌이였던 것인데 저 여자 앞 꼬리 올라가는 것 기형이
라고 하는 주인임이 틀림없다고 생각되기 때문이거니와 참
으로 얼굴이라는 것은 잎 꼬리 올라가는 것보다도 잎 꼬리
가 축 처져 내려감보다도 무슨 얼굴을 말하는 것이 아니라
저 여자는 생겨나면서 대관절 잎이 없는 꽃인가 꽃 없는 잎
인가 저 여자의 얼굴을 보면 저 여자는 대체 주인을 본 적
있었느냐고 생각되리만큼 입꼬리가 올라가는 상像으로 보
아 저 여자는 배고픔 없이 길쭉하게 자라났기 때문에 그러
겠다고 생각되지만 대체 얼굴이라고 하는 것은 눈, 코, 입,

앞면이 있는 기형임에도 주인은 입꼬리 올라가는 것이 되지 못하는 생긴 그대로 받아들이는 것이 잘 되었으면 하고 주인 없는 잎 꼬리 올라가는 것을 생긴 그대로 받아들일 뿐이라고 생각되기 때문에 주인 없는 잎 꼬리 올라갈 때마다 대체 어떻게 그날그날을 살아왔느냐 하는 것이 문제가 될 것임이 저 여자는 잎 꼬리 올라가도록 하여서 체면을 서게 할 성질임엔 틀림없으므로 관계하였을 것임이 틀림없는데 관계란 한뿌리 박혀 있을수록 스스로 얇아지고 높아 가벼워지는 생긴 그대로 받아들이는 잎 꼬리 올라간 것만을 보고 그것이 정말로 한 얼굴이냐고 믿어버리고선 저 여자는 잎 꼬리만 흉내 낸 것이매 그것이 생긴 그대로 받아들이는 일은 숨 쉬는 게 얼굴 한 권 풀어내는 일인가 싶을 때 생겨서도 이젠 어쩔 수도 없을 만큼 만성이 된 것 아니냐 생각되는 무리도 없는 일인데 그것은 그렇다고 하더라도 본적 없는 얼굴 아래서 어째서 저 한뿌리에 박혀있는 잎 꼬리 내려간 기형인 주인은 있느냐

향수의 여왕

그녀는 체취를 남겨요
보기보다 꽤 감각적이거든요
햇볕이 좋은 날은 장롱 속 축축해진 실밥이에요
비 오는 날은 낡은 원고지 낱장이고요
눈 오는 날은 잡풀 무성한 마당을 통째로 삼킨 하마예요

그녀는 향수의 여왕
다섯 살 땐 샤워 코롱을 귀 뒤에 뿌려주는 센스쟁이에요
여덟 살 땐 오드 코롱을 정강이에 골고루 나눠주는 가식
덩이예요
열한 살 땐
봄이 오고 풍요가 오기로 되어 있어요

그녀에겐 한 남자가 있었죠
두 발 달린 종족들은
그녀보다 내장이 꽤 부드럽다고 가르쳐 준
두 살 위 연상
어느 눈 오는 날의 성인식
그가 그녀에게 다가가 컹컹 짖더니

밥그릇 통을 내미는 거예요

그냥 컹컹 웃기만 했지요
이후로 목사리를 걸고
컹컹 수신이 오고 갔지요
그녀는 그를 따라가 비눗방울 만들기를 좋아했어요

그녀는 열세 살!
작은 비눗방울 낳고
방금 말한 그 남자와 앞집 뒷집 사이에 두고 살았어요

샬라샬라 장엄한 축제가 그를 읊으며
감나무 잔가지 끝까지 한바탕 휘어지는 날이었어요
즐거운 비명은 컹컹 발신해 보았지만
끓는 물에 푹 고아 뼈와 살로 분리되어
두 발 달린 종족들 킬킬
쫄깃쫄깃해진 살들
이빨 사이 부드럽게 오가며 곱사춤은 취기를 잡습니다

뼈는 그녀의 플라스틱 밥그릇 통에
몰래 던져졌어요

그녀는 이제 그 남자와 컹컹 짖지 않아요
물컹한 젖을 물던 새끼들도
그녀와 함께
그녀의 목구멍 속으로
하나둘 아름답고 자인한
단장斷腸의 달빛뿐입니다

그녀는 향기를 남겼죠
귀족적인 체취를
짐승의 체취를
비눗방울 속에 숨겼어요

우화羽化

비누가 물속에서 허물을 벗고 있다
방울방울 비눗방울들, 투명방울의 영혼으로 봉긋 부풀어
오른다
가벼운 것들이 비어있는 것의 영혼인 관 속
거품의 나체로 나푼나푼 춤을 춘다

한 생 주름투성이 번데기였던 당신
희망 펴지 못한 몸뚱이

아이가 아이를 당길 때마다 비눗방울 즐거움 점점 만발
한다
넝쿨로 뻗어간다 이내 톡톡 터지는
사라지기 직전의 아름다움, 한 방울씩 꿈은 투명하게 범
하는 무無다.
별은 꿈틀꿈틀 풀려나오는 애벌레들의 사체

육신 없는 통곡처럼
나는 방아쇠에 손가락을 건다 텅텅 속 비운 고치로 들어가
나를 삶는다 솥에서 바글바글 날개가 인다

웅크린 번데기들 사지를 뻗는 저물녘
불 꺼진 베란다 나비를 잠재우는 꽃들의 화단 어둠을 덮
는다

수은 중독으로 죽은 진시황제
어떤 불로초는 날개가 되어야 한다 권력에서 힘이 나는
고요처럼
세계에 없는 늑대인간 야생마를 키우는
애벌레가 구렁이를 삼키는

나는 가끔 방아쇠에 손가락을 건다

몸

선생님의 별명은 여섯 시 오 분 전이었다 도수 높은 뿔테 안경 깡마른 체구 발바닥 직선에서 왼쪽으로 95도 벌어진 외각과 대칭되는 얼굴은 윤리를 재고 우리들의 몸을 각도 角度로 재곤 하셨다 네가 사람이면 좋겠구나 파랑 요정이 피노키오를 찾아왔다 입으로 들어온 금화를 먹고 먹은 대로 변기통 속 거울을 수시로 들여다보았다 과자를 건네준 당나귀와 쥐 꼬리가 놀이공원에서 길게 부식하고 있었다 피노키오 코가 기생할 때면 알레르기 피부를 생성하였다 사발면이라는 벌레는 털이 많은 곳에 기생하는 기생충이라고 한다 그의 우수는 음모 주변에 잠겨 있다 벌어진 생채기의 상처는 손등이 보여주고 부르튼 발바닥은 오르락내리락 바닥에 닿아 있다 길게는 겨우 반 세기 동안 지체肢體를 사용하여 심장을 움직일 수 있었다 여섯 시 오 분 전은 언제나 여섯 시 오 분 전이었다

이어서는

그의 배꼽 위에는 호리병이 달려 있다

탯줄은 꿈틀거리는 무명지 손가락을 감는 일 초 뒤의 사생아, 주둥이가 너덜너덜해진 일 초 전의 목구멍

호리병은 아슬아슬 그를 돌리는 과거의 나를 잡는 낚싯바늘, 아슬아슬 그를 비트는 화술

화술의 찰나, 일 초 뒤의 용상龍牀은 백 년 전 용왕을 속였다 토끼의 간을 새겨넣었다 일 초 전의 용상龍像은 백 년 뒤 혹부리 할아버지의 로봇 노래 주머니가 조립되어 있다는

생의 찰나에 닿는 생, 주검이 지고 피는 전염병

전염병은 따르는데 익숙한 동조자 어느 순간 비틀거려서 반대로 기울어져 배보다 배꼽이 더 늘어나는 방조자, 부르터진 입술의 저녁보다 고꾸라진 새우잠이 필요한 오늘의 좀비가 되어서는

놓지 않고 있는 것들이 조록대는 사실과 취중 진담, 한낮이 깰 때 깜빡 악몽에 취한 관계의 오류

스릴은 아름다운 전염병의 쾌감

우연히 배꼽은 그의 당신이어서는 당신의 나이여서는 나의 허물을 벗고 재생되는 폐가 그 폐가의 살모사이어서는 살모사의 눈이어서는 그 눈의 칼을 세워서는

붉은 혓바닥을 날름거리어서는,

_____ 제4부
절름발이 그 아이

정자

쇠한 비굴은 자신의 호주머니 속에 낙타를 몇 년씩 구겨 넣고 오가며 버석버석 마른 모래만 빨아올려도 좋다 발등이 쉬면 얼마나 버틴다고, 으르렁으르렁 바늘구멍 좇느냐 호주머니 없는 내게로 오겠다며 망설였다

탁 트인 발등 너머 어떤 전망展望도 관망觀望 없이는 절망도 없고 방죽도 무너지고 다 무너지는 막다른 담장 뜰 것이다

별 천지 별천지 하지만 제대로 볼 때 낯가림 없지만 낯가림은 대부분 거꾸로 봐야 희한해 보이는 가랑이 밑으로 나를 보면 나도 희한한 존재가 되지 않겠습니까

돼지나 멍멍 같은 능력 꿀 꿀꿀 짖어대다 개 같은 늑대한 코 한 코 킁킁거리다 그저 오아시스 같은 미개한 꿀 탐하는 천지의 눈깔 구정물이란 물 다 그런 것이라고 지천을 크게 뜨고 다녔다

예로부터 도실봉 산상에 단을 세워 기우제 지냈는데

정월 대보름날 비단 헝겊 조각으로 비단구렁이 팔뚝에
문신을 새겨 단청 단장하였다

처음 생겼을 때 높고 크고 넓던 단장 세월 돌리니 사구司
寇도 얼핏 보아 몸을 돌려 투덜거렸다

무궁한 안식처인지 안식을 위한 유배지 인지 유배는 유
수라 큰 수유 없다며 무궁 나이 불쑥
응시란 사막처럼 울창한 숲 없느냐고 비단잉어 모래 능
선 헤엄치는 단애斷崖 같은 곳이어서 다시 등 태워보면 반
성이 사그라진 지 오래다

벽 없는 시력 한 채, 오지 섬마을에서 눈뿌리 아찔한 경
사 속 지펴, 당신을 마주할 때까지 물병자리 끊임없이 눈
아궁이 살리다 두 다리 볼록한 거만 바르르 떨고 있다

* 정자촌 : 지금으로부터 200년 전 경치가 수려하고 정자가 있었다고 하여 정
자 마을이라 불리었다.

이새異塞

목구멍과 목구멍 사이에는 깊은 질 있지라예 질 좋은 질
이 없던 골 매월 4일 9일 아침이면, 솥바리, 투구리, 기포
리, 각동리 호구마다 질 속으로 몸땡이 빚어 넣었다지예 봄
의 더듬이와 는개와 늑대의 눈꼬리는 무친나물, 말박나물,
바다나물 풋풋한 파도 향기 천년 묵은 지네의 마디마디 질
속으로만 모른 척 콧구멍 후비었고예 마 꼬추 한 포대이고
진 이십 리 질이 영양 장터를 댕기려면 질 비좁은 농산물을
통과해야 했지라예 말도 마시라예 마당매기 목젖 밑바닥
에 투영된 재 너머 화성火星 그렇지예 그곳에서 약수터가
부숭부숭 부어 있었는지 금성金城골* 만이라는 질이였지예
그란데요 거랑가 물장구치던 금성산이 저녁 무렵 되면 마
카다 모가지 너머로 하염없이 아-들 가느다랗게 늘어뜨리
곤 하였다는데예 도깨비 주술이 요괴를 부린 것처럼 그때
쯤이면, 요술 방망이질 속에서 아제 한 사람, 아지매 두 사
람, 아지매 세 사람 잇달아 삐뜰삐뜰 빠져나왔다는 것이라
예 고등어 한 손, 검둥비노, 참빗, 청 간수, 그라고 양잿물,
동동구루무, 운동회 빤스, 게다가 노랑 고무줄, 흰 고무신,
연달아 비다리, 탕건봉, 샘물 내기를 이고 지고 장 보따리
를 댕겼다는 것이라예 그란데요 흉터를 동리마다 알아차린

이후 사람들은 아슴아슴 맛에 신작로를 쨰것으로 질 내었다지예 그래가꼬 질은 터진 금성산을 꿰매고 이새를 삼간지 오래되어 버렸다는 것이라예

＊금성골: 전설에 따르면 마이태자가 경순왕이 고려에 항복하자 이 때 태자를 따르던 동남동녀東南東女 70여 명이 이 산으로 와서 경주(금성)와 똑같은 이름의 금성을 쌓고 마을을 이루고 잠시 살았다고 한다. 그런 연유로 굴성골이라 불렀다고 전해진다.

붉은 살조각

닭아 닭아 새 집 줄게 헌 집 다오 소설 중순을 마친 강신제降神祭 11월 아래 12가구 가까워질 때면 아침부터 상진 아재와 동학 아재는 서로의 검은 살점에 내 검은 살 가루 달고 덕지덕지 낀 허연 비듬을 낫으로 긁어내고 있었소 검은 살 가루 상복이 형님한테 달라붙고 태권 어른 누런 베잠방이에 달라붙고 팔 걷고 헛간에 쌓아둔 뽀얀 살 더미의 퉤퉤 침을 뱉고 두 갈래 세 갈래로 새 살 땋았소

썰어서 오가리 내 엊어놓은 서리 위 대추나무 얽힌 서리 서리 맞아 어두컴컴한 방 안 칼바람 메줏덩이 파고들 때면 언 콧구멍 속으로 콧구멍 부엌방 아랫목에서 메주 뜨는 곰팡이 청평 댁 아지매 스미었소 핏빛 팥알들 이엉 엮고 용마루 틀더니 환곡 갚은 마을 문서 쑤어 우풍 겹겹 덧덮는 것이었소

나는 보금자리 보충하는 온기들 촌구석이었소 한 집에 한 사람씩 내 덥수룩한 민망 위로 올라올 때면 벼슬 노릇 그지없었소 발육 잘린 발목이 지붕 위에 가로로 묶여 땅 밖으로 다 드러나, 무성한 닭들만 자라 잡풀들은 뛰어올라 볏

가리 낱알을 숨아주더니 번들거리는 쇠창살이 똬리 틀고
서리어 능구렁이 지키던 한때 되어갔소

쌘-비구름

때 행간은 마을의 섬을 덮었오 심해어 엊그제만 같은데
쩌렁쩌렁한 비문들 요령要領 소리는 갓 몰려나온 회자 속
우풍자우友風子雨들로 인물하고 있오

상복이 아재 둘째 딸내미가 처음 마주하기

전 갑작스러운 낯선 혓바닥은 수천 개의 인기척 벌리어
곧바로 시뻘건 분뇨糞尿 찌꺼기를 정성껏 차려놓고 이른
새벽 추석 차례 지냈오 긴 머리카락 덕지덕지 동내 언덕 사
타구니에 들러붙어 무어라 재빠르게 주고받는 나와 이방인
의 9.17.1954 와자지껄 수장된

섬마을의 품위가 디딤돌의 체면 싹 떠내려 보낸 꼴 되고
말았오 잔뜩 부아가 끓었오 치밀어 끓어오르는 노여움 밖
으로 닥치는 대로 휘돌

던 신성봉 절벽을 핥고 솥바리 언덕 솟을대문 부러뜨려
정자마을 가랑이 갈기갈기 찢어발기고 뱃두들 민머리 잘근
잘근 부러뜨려 세상을 뒤집어 통째로 게우던

날 부유하다 여인들이 간신히 알을 낳았오 새끼들 부화
해 정자가 있던 연못 속에서 악취를 삼키며 신내림 받곤 했
오 서로 뜯어먹던 소란, 부착되어 작두날 타던 살 없는 들
도실봉 산신령께 비나이다 비나이다 나와 이방인의 검은
입속 다 베이도록 빌었던

날 나의 속삭임에는 범할 수 없는 구린내 서려 있었

오 거대해지던 사체 재주꾼 속에 매장된 이후 용케 달아
난 쌘-비구름으로 또다시 엄청난 무례를 몰고 갔

오 수령이 300년 넘은 청기 국민학교 앞 느티나무는 밑
동 타고 놀았던 헛바닥의 공포 금수강산 동남의 낙토樂土
교정 와락 온몸 들추었던 폭군 틈타 태백산 뻗어 내려 천
년의 방 맥 혈관을 타고 파닥파닥 집어삼킬 듯 요동쳤오 그
러는 동안 힘없이 쓰러져 탄식을

깨 보면 제방 둑 쌓여있는 하얀 뼈의 이무기를 베고 누워
잠든 묘혈 도로 보수와 벼 일으켜 세운 동리마다 북한에서
건너온 처음이자 마지막인 원조 시멘트와 옷감의 화합 앙

상한 편지 당겨 철삿줄 배달하던 새들 자리에 얼룩진 난장
판 늪들 극성맞은 1954 June의 포효 그치질 않

던 턱에서 구렁텅이를 치받치며 기어 나왔을

앉은뱅이

쑥 하고 마늘 삼키며 쓰고 아린 것 잘 삼켜 하눌님의 며느리 되었다는 말꼬리가 신화를 떠돌았지 신선봉 두리봉 뒷봉 세 봉우리가 솥발처럼 벌어있는 솥바리 육지 오지 그곳에서 속바지 꿰매 단 아홉 주머니 속에 파랑 꼬리 넣었지 비닐 터널 속에서 깻묵, 쌀겨, 축분, 인분 음식 찌꺼기 기름진 송장만 쥐어뜯어 저물 때까지 매일 속 삼켰지 무려 90cm 앉은뱅이로 자라 엉겁결에 탄저균 허연 혈관에 기생하여 바랜 주머니 이곳저곳 햇볕 되어 갔지 몸 구석구석 분무기 둘러메고 볕을 쳤는데 보일 듯 말 듯 방아다리 가랑이 벌려 장마의 사지와 뒤엉켜 겨우 아귀 밑 홀씨 자루 세웠지 그렇게 꼬리를 세웠는데 찌는 듯한 보쌈 비료 포대 불볕 일삼았지 연탄난로 위 타다 화석이 된 옥수숫대 대가리 아래 풀풀 날리는 땡볕 냄새 둔덕 가득 어지럽게 휘질 휘지다 도랑물 무너진 흙벽 틈타 황초굴 쫄쫄 가늘게 뛰던 만경창파 미루나무 맥박 뜯어 맴맴 귀뚤귀뚤 귓불마저 벌겋게 사그라졌지 미라 되었지 관우가 금줄 싸리문에 묶여 생겨날 적 간장독 속 순이네 재수장되었지 어느 볕 편한 덕분 만 개 자른 날 꼬리 빚 많아 자살 이끌고 농약 삼켜 야반도주하다 일가 흩어졌다며 영악한 계집아이 실리의 명명은 뿔뿔이

전국 와자하였다는데 꼬리의 꼬리가 꼬리의 꼬리와 꼬리치
는 덩치는 쥐꼬리만 보통 신분身分 아닌 내 새끼들 아낙은
교활한 앉은뱅이 되었다며 웃음에 대해 강원도 배추밭까지
대대적으로 꼬리 팔았지 홀린 지천명은 관우를 넘은 나이
에도 꼬리까지 동원해 중장비 그러안고 해마다 동침 일삼
자 하였다는 것이었다지

스물두째 별자리

그곳은 탯줄을 감고 솟구치는 사과 향이 있어요 엄마의
몸뚱이를 뚫고 풍겨 나오는 아기처럼
사과밭은 현전하는 오아시스를 환각幻覺하지요

사과밭으로 가 물동이 내려놓고 사과 한 알 치마에다 쓱
쓱 문질러 한 입 베어 물면 사과밭 속에서 아삭아삭 샘물의
맥박 뛰고 심장의 박동 빨라지는 것을 느껴요
다시 우리 몸에 유입되는 것이 있죠
정수기 위에 사과를 올려 버튼 누르면
필터는 일정 기간 교체되어 사과나무의 뿌리를 여과하고

여과하고 5분만 틀어놓으세요, 지금쯤 저 정수기는 사과
밭에 없겠지요
정자마을 샘터로부터

그곳은 당신을 감고 솟구치는 사과 향이 있어요 수 없이
쪼개 놓은 어둠의 빛 버석버석 흐려지는 그믐밤
눈썹달을 빨아올린 부들과 부들거리는 어금니 깨물어
세상 밖 흘러나와 양손을 묶어 퍼 올린 두레박

지하 3층 동굴 속

이끼

우리는 한 방울의 핏방울로 돌아가지요 빗방울이 오기 전 방울꽃의 상여 수적水滴의 늪 사철 내내 샘솟는 뼈 없는 감옥

물구멍 앞세워 왕림하여 나섰던 오장육부

지금 그곳은 그를 감고 솟구치는 사과 향이 있어요 목방 댁의 상진이 오빠의 물지게를 어떻게 짊어져야 하나요 동 지섣달에도 얼지 않는 일가를 어떻게 이뤄야 하나요
"이웃 마을에서 이사 온 덤평 댁 아지매의 물동이가 찰바 당찰바당 눈시울 적시던 눈망울 생생한데"
땡볕에도 마르지 않던
"물풀 흔들며 단비 빨고 열무 솎아 여름을 들이켰던 물풀 에 걸려 가르랑가르랑 둘러앉던 고모부 밥상이잖소"
왜 모두 자궁을 퍼 올렸을까

계림의 흰 목소리 물동이 옆에 놓인 큰 독에다 물동이 물
쉼 없이 퍼붓다 첫닭 울음 같은 천둥소리 묽은 사과 열매
속에서 둥근 알 사지 쩍 부러뜨려 아궁이 물 펄펄 끓어오르
고 있었소

우리는 사과 향을
아침마다 한 바가지씩 퍼 올려 사각사각 마시고 있었지예

동천아

보름날 늦은 밤 1983년 7월이었니더 모의 건너와 뜨거움 모의 하자 카더니 하마 새마을이란 정자교 얼라를 낳았니더 오오랜 징검다리와 벌어진 천기마저 우정은 하마 울지 않았니 더 가물치 태권 아재 새마을, 새마을 정신 중매쟁이 라니더 천기를 천기했다는 기밀 빼 들고 청기 국민핵교 송 사리 피라미, 물고기 아들 악대를 불자 할배 가물치, 영양 군수 매기, 쏘가리 기관장, 가는 돌, 각시붕어, 금붕어, 동사 리, 미꾸라지 동니 사람들 억수로 달려 악대를 돌리었니더 악대 짜른 후 동니 연장자 김두칠 잉어 할배가 주름을 입자 떡붕어, 참붕어 비단 잉어, 버들치, 산천어, 정자마 할배, 할 매, 아부지, 어무이, 히야, 누야, 아지매, 아재, 아들, 여편네 들, 아낙들, 거랑 잡힌 주름 위 헤엄쳐 정자교 천지삐까리 흥건히 퍼졌니더 비만 오면 핵교에 못 댕기는 오지 육지 섬 동니 빳빳한 주름 뿐이었니더 얼음 녹은 2월 중순 발모가 지 칼 베듯 형권 참붕어 선상은 달구지 지르러미 떨었니더 새끼들 다 업어서 거랑 건넌 핵교의 선상 새끼들 큰물 나면 집으로 하마 공부 그만 두고 새끼들 보내었고 큰물이 나면 핵교는 아예 큰 물도 매기지 않았다니더 정자교 얼라를 낳 지 않았던 하마 38년 전 거랑 앞 정자를 지나 두들 동니 앞

정자를 박은 보 밟고 주름 댕기던 거랑 정처 없는 그곳 자
아내니더 매달 보름 오면 보름달 만나 징검다리 하마 들을
수 있을까 벅차니더 하마나 그는

* 동천: 일월산에서 발원하여 창달골 저수지를 거쳐 내려온다. 창달골 저수지
는 2000년대에 만들어졌고, 이 저수지 덕에 사시사철 맑은 물이 흘러내려 오고
있다.

쇠갈고리

동천을 좇아 정족교회는 아랫마을 뱃두둘 용담 울에 정박해 있습니다 뱃머리에 돌담을 쌓아놓고 늪 모가지에 네 개의 나를 철컥, 채워 놓았습니다

나는 교회를 다니는 사람들의 성스러운 마지막 날 의식입니다 형걸이 할머니가 나를 목덜미에 채우자 조 장로 형제뿐만 아니라 김 목사 이 목사 김 장로도 채웠습니다

춘분 뒤의 첫 만월 다음 날 아침이면 멍석말이로 제 몸뚱이에 수천 개의 구슬을 목구멍에 채우고 둥둥 떠내려오지, 뭡니까 뱃두둘은 살煞 같이 흘려 도실봉 돛대에 장승처럼 나를 채우고 서 있었습니다 며칠 동안 웩웩 숨통이 멎지를 않자 용담 울에 자신의 육신을 파내어 산같이 쌓아 올렸습니다 찌꺼기로 남은 결실은 일요일의 밑창을 평일 발톱으로 긁어 만든 뼛가루의 잔류물입니다

지금은 김 형제 장로가 조, 김, 유 할머니가 끝으로 유, 김, 권사님이 큰 쇳덩어리 짐을 지고 가는 천형의 벌입니다 별다른 의식 없이 매일 아침 발모가지에 나를 철컥 박아놓

고 목놓아 웁니다. 조금씩 피가 빠지고 부르터 물집이 가빠도 깊이 파고드는 상처는 어쩔 수 없는 형벌이기에 부르튼 발바닥을 주무르며 잘 견뎌내고 있습니다 나의 뾰족한 끝은 발을 헛디딜 때마다, 고리를 연결하는 축이 되는 의식입니다

* 뱃두둘: 마을의 자세가 배가 떠가는 모양이어서 뱃두둘이었으나 음이 변하여 댓두들로 불리고 있으며 마을 앞의 산이 돛대 모양이어서 도실봉이라 부르고 있다.

소수점 아래 셋째 자리

장수가 둥지 바위에서 공부하다 용변을 볼 때면 맞은편 통시 바위도 성큼 넘어가 용변 보며 누가 더 센가, 길이를 재는 습관이 있습니다. 성인 의식이 있는 날이면 마을은 이방인들로 어수선했고 무술 연마와 병법 공부로 한창인 수련생들이 무과에 급제하기 위해 몰려들었습니다. 10년이 되어야 완성되는 병법 전술로 귀향하여 돌아가고 싶어도 갈 수 없는 처지에 한탄으로 일관하던 어느 날, 시험 기한 하루 앞두고 추장이 죽었다는 소식 들었다는데 10년 동안 정진해온 노력이 물거품이 되자 강물에 호롱불 켜놓고 등잔과 길쭉한 돌 2개를 세로로 놓고 떠났다는 전설이 흉흉하게 마을을 휘감아 돕니다. 그 이후론 비가 오는 날이면 장수의 울음소리 그치질 아니하였다는 속설을 마을이 전해주고 있습니다.

가위를 낼 때마다 소통은 바위를 내밀었고 '무궁화 꽃이 피었습니다'를 외친 나는 손톱 끝이 말갛게 부어오른 손등은 홀연히 돌무덤 속으로 꼭꼭 숨어 버렸습니다. 가위바위보를 올려놓은 3층 귀를 틀어막고 나를 읊으며 마루 끝으로 돌아가 귀 꽃 가득 새겨넣고 따사로운 햇살 속으로 들어가 나오질 않습니다.

유리알 거울

넓은 운동장 배불뚝이 코흘리개 소꿉놀이 친구들, 탁 트인 운동장 아래 공기놀이나 고무줄놀이, 고무줄이 늘어날 때만 골라 덤벼 검정 고무줄 끊고 달아나던 개구쟁이 5학년 3반 철수, 청기 국민학교 나의 너그러운 미소, 사내애들이 다칠세라 굽은 허리 굽혀 깨진 유리 조각 줍던 나, 곱사등 한번 펴지 못하고 잔심부름 싫다고 하지 않고 새마을 모자 눌러쓴 허리를 굽은 학교 지킴이 여기저기 흩어진 굴레마다 흔적들이 솟아난다.

아마도 그때는 나의 눈이 깨진 유리 조각을 박아놓은 듯한 외눈박이여서, 귀신이 땅을 돌리고 우물물이 쏟아지고 땅덩이가 호박덩이처럼 데굴데굴 굴러간다는 괴담을 마주하던 날 이후, 눈알 두 개 달고 이리저리 굴러다니는 자유가 거울 속에선 하나같이 밟혀 있는 깨진 유리 조각이란 것을 조금은 이해하게 되었다. 청기 국민학교 소사 아저씨 19살로서 6.25 전쟁터에서 다시 학교로 빠져나올 수 있었던 파편이라고, 발밑에서 피가 나도 조심해야 한다고 걱정을 앞세우던 나, 산 위, 골짜기, 개천에 널브러져 썩던 시체 냄새 맡고 자란 나의 희미한 어깨가 멀다

호소문 한 장

마을에서는 매산 댁 아들 삼 형제를 효부라 불렀다

매산 어른이 숟가락을 평생 반듯하게 잡는 날까지, 매월 삭망朔望에 아침 생일상床 다리를 가지런히 펴는 버릇 있었다고 삼 형제를 본 일은 드물었지만, 계절도 본연이 헝클어지지 않도록 상투 끝까지 치밀던 나의 두 귀를 바짝 대고 속삭였다

이 버릇은 천인공노天人共怒할 반인륜적反人倫的인 선행
조간신문 몸통에 또박또박 박혀 전해지던 규탄 섞인 호소문 한 장

침대에 엎드려 시를 읽고 있다가 자세를 고쳐 꼿꼿이 세우고 바로 앉는 습관이 들어버렸다

절름발이 그 아이

팔수 골 청기면 아이들과 뱃두둘 아이들 가득 실은 20원
짜리 고무 버스가 모가지 길게 늘인 거북이처럼 정자마을
정거장 향해 힘주어 밀고 왔습니다 그걸 타려고
올가미에 걸린 산토끼처럼 짧은 두 팔 벌려
그아이는, 토끼장에서부터 뒤뚝뒤뚝거리며

초속 1.3킬로미터의 속도로

두 다리는 하마 비포장도로를 세우고 안내양이 쑤시어
넣지 않아도
콩나물시루 늘려 올라타던 7시 등굣길 아침,
마을 비포장은
10리를 절쑥거렸습니다

거리가
내용의 가변적 비율이라면
가속도는 거리에 반비례하는 대상으로 옮겨붙기 시작하
였습니다

이런 공식은 땅에 뿌리가 내려 불붙을 때까지 그해 가을은 탄탄하게 늙어가고 마라톤 대회가 열린 첫날, 세찬 비가 운동장을 흔들어 대고 이리저리 일월중학교 들먹거리던 날, 아무런 불길한 예언도 일어나지 않아서 활활

최고 기록처럼

그 아이,

천고에 있을 수 없는 중장비를 풀었습니다

해발 900미터 고원에서 바삐 움직이는 기계음이 문중 산소를 뒤흔들기 시작하자 안과 밖을 가르던 담장이 흙먼지 일으키며 풀썩 주저앉았습니다

풀-썩 내려앉은 공간이 한 시절 황혼이라 말할 수 있을까 포크레인 한 귀퉁이가 전진하고 있는 충격

울음을 알 수 없는 대지들의 힘을 저항하며 긴급 복구로 액셀을 꾹 눌렀습니다 벌겋게 부은 지구의 살갗을

농가의 빈집 같은

해발 1,219미터의 일월산 자락 깊은 산골 마을

해로운 희망 구출할

절름발이,
마음껏 물어뜯습니다
강철 턱 뒤에서

시간을 깎거나 퍼 옮기었습니다 공식을 대입하지 않아도
높이가 고원지대를 세운, 아이는 정자마을 언덕을 풀고 있
었습니다 수돗물 공급이 중단되었습니다 아이가 아이에게
답하는 물리 수업이 아니라 굴착기가 아니라

불편을 겪는 이웃 주민들, 절뚝거리는 행복
새것으로 교체한 수도 파이프에서 물의 소란 점점 어지
러울 지경입니다.
고무 버스가 지나갔습니다, "오라이!" "스톱!"을 외치며
출발과 정지에 가속도가 붙어 점차 흔들흔들 길고 높이 절
뚝거렸습니다

마당을 나간 집

이웃집은 소의 눈망울을 앗아갔다 했다 잡풀 무성한 마당을 지키던 정족리는 꼬리를 흔들지 않았고 그의 개찰 구멍이 알아챈 건 벌렁벌렁 뛰는 앞 못 보는 생쥐라 했다 냄새에 걸린 퀴퀴한 외양간이 엿보았다 했다 곧 냄새와 헤어진 한쪽 어깨 휑한 마루는 실성한 앞산 마루를 보았다 했다 곳간을 긁어 꽃밭을 이루던 호미의 목은 가늘게 휘어지다 꽃씨 속에 구부러졌다 했다

저녁 어둠이 깃든 방은 빛의 수위를 낮추어 실종으로 처리했다 했다 방 두 칸은 한 칸도 어둠을 넘어가지 못하였고 몸을 일으켜 빛 가랑이에 매달려 질질 끌려 나갔다 했다 어스름 거리마다 낯선 춘추의 뒷모습 몇 개의 별빛으로 아득하고 어떠한 별빛도 함부로 빛 빠진 저녁 어둠의 이빨을 지배하면 안 된다고 했다

모든 집을 싸매고 마당을 나간 마당 위에서 빨랫줄 사이로 솜털 구름이 하얗게 펄럭였다 했다 헛간은 삽, 가래, 삼태기, 쟁기들 어느 새를 잃었다 했다 실종은 마당을 무표정하게 바라보다 천천히 수갑을 놓았다 했다 저녁 마당은 실

종이 멀고 첩첩 땅거미는 작은 어둠마저 놓겠다고 했다 정
족리를 빠져나간 개찰구의 구멍 소리가 마당 가득 홀로 환
청 한 채 터트리고 있다 했다 마당을 나간 마지막 위로 아
주 쏟아진다고 했다

정자마을에서 띄우는 김형권 교장 선생님의 종이배

영양 정자마을 펜션에 접시꽃들이 활짝 핀 향우회 밴드, 앞 냇가 동천에 강물이 가득 닿아서 핸드폰 액정 화면 속으로 꽃줄기가 흠뻑 흘러들고 있습니다. 200년 전 부족이 틔웠을 새벽 강, 새벽을 낳던 어둠의 씨앗이 아득하기만 합니다. 새벽에 강을 심고 씨를 뿌리는 것이 통상 주기週期를 통해 형성되어 풍성해지는 동지섣달 그믐날 같았습니다.

큰비가 내리고 물이 불어 100년 돌다리가 떠내려가던 여름

60년 전에 별이 되었던 후손이 찾아와 계시를 주던 나의 형님, 집터엔 몇 세대 스쳐 지나가고 등골 댁, 하서 영서 은서 3형제의 아버지 매산 댁, 동네 훈장이셨다던 글 사장 댁 손녀 춘자였는데 소식을 알 수 없습니다 동학이 할아버지 연동 댁, 서울의 따님이 살고 있다는 장평 댁, 대우 할아버지 모두 소식 없이 사라진 이곳 집터, 안동 소매치기 왕초 태봉의 부친이셨다던 주막집 댁, 영학

강 중흥中興은 모든 첫 순결의 지속으로 가 닿았다 지워

지면서 다시 되새겨졌다가

  후손이 거주했던 구미로 이주한 대산 댁 둘째 아들 솥바리
  끝이라 묶을 수 있는 부족部族으로서의 강으로 흐르곤 하
였습니다

  바람이 불어오는 곳으로 담배 발을 새끼줄에 매달아 주
던 영양마을, 베잠방이를 입은 아제의 불알이 덜렁거리며
흔들리던 세월이 아득하게 전해옵니다.

  언제 어떻게 어디로 흘러 섬이 되었더라도 섬은 다 강물
이라 그 강바람을 곱게 부수어 뿌리가 잘 가라앉을 수 있도
록 동천이 흘러드는 마을 입구 담벼락 밑 접시꽃을 띄우는
어느 섬 같은 여름날 있었습니다

노숙露宿

바가지를 엎어 놓은 모양이라 불리던 쪽박 산, 일부분이
내려앉은 적 있던 서당 '앞산이 무너지면 동리가 망한다' 라
고 하여 사람들이 하나, 둘 떠났습니다

　산아, 산아, 앞산아
　나 기별도 없이 너를 떠나 타향살이구나
　뒷산 언덕에 아부지 집 한 칸 바가지를 덮어 홀로 긴 잠
들게 하고
　너는 쪽잠을 자고

존재론적 분열상과 일상에서 걸러진 영원
– 구지혜의 제2시집

송기한

1. 존재에 대한 물음

구지혜의 시들을 읽어내는 것은 쉽지 않다. 시를 만들어내는 이미지나 은유적 의장이 파격적이기 때문이다. 서정시가 어려워지는 것은 시적 긴장(poetic tension)과 밀접한 관계가 있다. 시적 긴장이란 원관념과 보조관념 사이에서 이루어지는 결합의 긴장도를 말하는 것인데, 그 관계가 낯설어질수록 기의를 해독하기가 어려워지는 것이다. 이런 긴장이 무한대로 흐를수록 다다나 초현실주의와 같은 전위 문학이 만들어진다.

잘 알려진 대로 전위 문학의 등장은 근대와 분리하기 어려운 것이고, 또 그것은 영원의 상실과 밀접한 관련을 맺고 있다. 온전한 자아를 곧추세우기 어려워진 시대에 자아는 흩어지고 파편화되면서 떠돌기 시작한 것이다. 그 유동하는 의식이 기호와 아무렇게나 만남으로써 시니피앙만의 놀이가 생겨나게 된다. 그 결과 여기서 어떤 확정된 의미나 고정된 관념을 추출해내는 것은 매우 어려운 일이 된다. 시의 난해함이란 곧 의식의 파편화이고, 그에 조응하는 기호들의 끝없는 연쇄에서 생겨난다.

이런 흐름이란 근대와 밀접히 관련되어 있는 까닭에 계몽이라든가 이성, 혹은 합리주의 정신과 분리하기 어려운 것이라 할 수 있다. 모더니즘 문학의 발생론적 뿌리들은 이런 시대정신, 외면의 환경에서 형성된 것이다. 구지혜의 시들도 따지고 보면, 이런 환경으로부터 벗어나 있는 것이 아니다. 시인의 시들 역시 근원이 상실된 곳에서 서정의 샘이 형성되고, 거기서 시의 음역들이 만들어지고 있기 때문이다. 하지만 이런 유사성에도 불구하고 시인의 시들이 어떤 사회적 고리와 즉자적으로 연결되어 있다고 보기는 매우 어려운 일이다. 물론 시인의 시들에서 문명과 그에 응전하는 자아의 모습이 전혀 없는 것은 아니지만, 그것이 시인의 시를 구성하는 주된 흐름은 아니기 때문이다.

구지혜의 시들은 사회적인 환경과의 대응보다는 신화적이고 종교적인 특성에 가까이 다가가 있다는 점에서 그 특징적 단면이 드러난다. 그런 면에서 시인의 시들은 서정주의 정신 세계, 그것도 「화사」의 세계와 일정 부분 겹쳐진다. 잘 알려진 대로 서정주는 인간의 존재론적 특성을 기독교적인 것에서 구했고, 그 무대가 되었던 것은 에덴동산의 신화였다. 그는 여기서 인간이 욕망하는 존재임을 애써 강조했는데, 영원의 상실이라든가. 그에 따른 결과로 인간이 욕망하는 존재라는 특징적 단면들을 모두 이 상상력에서 가져왔다. 구지혜 시인의 경우도 서정주와 동일한 인식론적 기반을 갖기에 일면 서정주의 시세계와 어느 정도 닮아 있는 것이 사실이다. 하지만 이런 기독교적 신화가 확산되어 가는 과정은 전연 다른 모습을 보여주고 있다는 점에서 시인의 작품 세계와 서정주의 그것은 구분된다. 「화사」에서 서정주는 인간이 욕망하는 존재라는 것, 그리고 욕망에 물든 자아가 관능이라는 세계로 빠져가는 것을 세밀하게 탐색했다. 그러니까 서정주는 통사론적 질서가 파괴된 해체적 기호라든가 의식의 분열과는 전연 관계가 없는 세계를 노래했다. 하지만 구지혜 시인의 경우는 이와 매우 다른 지점에 놓여 있다. 그의 시들은 존재론에 있긴 하되 자아의 모습은 굳건하게 세워진 것이 아니라는 의미이다.

하늘에 취해서 창백한 건 흰 구름뿐만이 아니다

어둠 발이 묻어오는 모래 숲 사이로 스멀스멀 기어 다니다 백사장에 긴 모래알갱이 털며 화약으로 재워진 여자 세모꼴 머리 바짝 꼬나들고 아가리를 벌려 갈라진 혀 널름댄다 에덴을 향해 불 지르는 망설임 삽시간 한 마리 두 마리 세 마리 조각 난 선악과 질색팔색 파지직 허물 터진다 그러자 제일 높이 솟은 꼭대기에 피어난 복음 십자가 쇠창살에 꽂혀 처연한 이브 산산이 날리고 있다 구렁텅이를 모르는 아담은 비밀도 없이 와

르르 옥상 굴뚝 속에서 흘린 성스러운 살덩어리같이 퍼렇게 뒤
엉키는 것이었다 그런데 금욕은 타락한 천사 무화과의 향기를
뺏지 못한 채 횟집 천장을 향하여 안도의 한숨 돌리며 여자는
흡혈귀 한 방울의 폐허까지 몰며 자정이 넘도록 성낸 꿈길 인
다 에덴동산은 속 깊이를 잴 수 없는 낮은 촉수들 따라 솔방울
살결마다 무화과의 본을 분주히 뜨자 검푸른 해송이 두른 긴
띠 향해 몰려든다 사정없이 파지직 피어나는 동산 소스라쳐 놀
라 멀거니 눈알 찾은 검은 숲 희뿌옇게 여기저기 피어났다 사
라졌다 피어났다 한순간 취해 버린 창백 뒤도 돌아보지 못하고
순간 덫에 걸리는 것이었다

　동편 하늘 통중으로 지새우고 뜬 눈 모르는 여자 긴 백사장
을 모르고 물결 위에 깨진 무화과나무 한 그루 원색에 취해 꽃
잎 일렁이고 있다

- 「꽃뱀」 전문

　구지혜 시인이 기대고 있는 서정의 샘은 여기서 보듯 기
독교적인 것이고, 또 신화적인 것이다. 그런데 이 작품은
서정주가 말한 「화사」의 세계, 곧 욕망하는 자아와는 일정
부분 거리를 두고 있다. 물론 에덴동산의 신화가 인간에게
던진 물음은 근원의 상실이고 또 영원의 상실일 것이다. 이
감각이 분실된 이후 인간은 소위 죄라는 종교의 영역으로부
터 자유롭지 못한 존재가 되었다. 하지만 인간이 죄의 영역
에 갇혀 있다고 해서 자아가 해체되고, 그에 조응하는 기호
를 곧바로 찾아나서는 서정적 충동을 느끼는 것은 아니다.
적어도 「화사」에서의 자아는 또렷한 욕망의 충전을 바탕으

로 전진하는, 힘찬 자아의 모습을 보여주고 있기 때문이다.

하지만 「꽃뱀」에서의 자아는 욕망으로 가득 찬 자아가 아니다. 이 자아는 욕망으로 물들어있긴 하되, 그러한 욕망을 자유롭게 발산하는 자아가 아닌 까닭이다. 서정적 자아는 욕망이라는 환경, 혹은 죄라는 환경에 갇혀서 여기서 나오지 못한 채 헤매이고 있다. 그 흐느낌의 흔적들이 다양한 기호를 만나면서 사유의 장을 펼쳐나가는 것이 이 시가 갖고 있는 함의이다. 하지만 그 기호들은 시니피에를 곧바로 지향하지 못하고, 부유하면서 목적없는 항해를 지속한다. 그리하여 그 떠돎에서 우연히 다가오는 욕망의 기호들을 만나면서 이를 자기화할 뿐이다. 그 영혼의 자유로운 흐름들은 한 곳에 정착하지 못하고 계속 흘러다니고 있는 것이다. 그 무매개적은 흐름이 시인의 의식을 분열시키고 파편화시킨다. 시인의 시들은 그런 자의식 속에서 탄생한 것이다.

햇볕은 다리를 놓아, 빛의 수위
가득 반평생이다

굴절이 시작된 경계부터, 모든 프리즘은 당신의 바깥이다 부서져 온 곳에서 시작된

아이덴티티

육체를 홀로 구르던 두 페달은 안장을 네 발 의자에 앉힌다
다리 밑,

금세 흘러간다

어제보다 한 뼘가량 어두워진 빛의 둑에서 작은 씨방이 머물
다 간
그늘 냄새가 바큇살을 돌리고 있다

가을 강의 뿌리와 줄기는 웬일인지 빈 나무 의자 하나 나의
곁으로 바싹 다가세우고 있다

금세 올 날리는 구름의 흰 머리카락
낙조는 구름을 찔러 벌겋게 취하게 해야 한다 옷깃을 바람으
로 풀어 헤치는 바늘처럼
살갗을 여미지 못한 곳에서
오늘이 하늘 구멍으로 잦아지는 항구에서

나는 물감 한 돛 가득 싣고 있다
주글주글 물 괸 이마에 비단 고름

- 「주름」 전문

이 작품은 그렇게 유동하는 자아의 모습들, 곧 서정적 자
아의 아이덴티티가 형성되어 가는 과정을 일차적, 감각적
이미저리를 통해 선명하게 빚어낸 시이다. 여기서 빛은 자
아를 형성하는, 인식성을 구분시키는 매개로 기능한다. 따
라서 그것은 '거울'과 비슷한 역능을 하는 것이기도 하다.
거울상이라고 하는 것이 자아의 아이덴티티와 밀접한 관련
이 있는 것이기에 그러한데, 시인은 그러한 정체성을 빛의

파동 속에서 감각적으로 그려내고 있는 것이다.

빛이 거울과 같은 것이라고 했거니와 그것의 굴절은 곧 거울로 투과되는 자아의 모습과 당연히 겹쳐지게 된다. 굴절이란 왜곡이고, 또한 자아의 온전한 모습을 지우는 흔적 내지는 상처가 될 수도 있을 것이다.

상처란 한번 형성되면 계속 덧나고 깊어질 수 있다. 그래서 그것은 소위 무의식의 억압과 비슷한 구조를 갖게 된다. 일찍이 프로이트는 무의식에 대한 억압이 구조적일 뿐만 아니라 지속적인 것이라고 이해한 바 있다. 그러니까 억압이란 오이디푸스 단계에서의 일회성이 아니라 끊임없이 일어날 수 있는 항구적 속성으로 이해한 것이다. 이런 메커니즘이 이 작품에서도 그대로 재현되고 있음을 볼 수 있는데, 이 작품이 갖고 있는 의의랄까 특이점은 바로 여기서 찾아진다. 시인은 한번 굴절된 아이덴티티가 주름으로 전화하고 궁극에는 이를 '고름'의 단계로까지 확장시키고 있는 것이다. 이는 무의식이 축적되어 가는, 아니 필연적으로 그렇게 될 수밖에 없는 인간의 운명론적 한계, 다시 말해 존재론적 한계를 극명하게 표현했다는 점에서 그 의의가 있는 것이라 하겠다.

2. 파편의 감옥에 갇힌 자아의 우울

자아는 지금 영원의 감각을 잃어버리고, 주름이 가득 낀 이마의 상태에서 헤어나올 수 없는 존재론적 고민에 빠져

있다. 그 앞에 펼쳐져 있는 것은 직선이 아니라 곡선 뿐이
고, 존재를 규정해 줄 뚜렷한 의미의 장이 만들어지지도 않
는다. 마치 적절한 시니피에를 찾지 못하고 떠도는 시니피
앙처럼 이 둘 사이의 관계는 계속 평행선을 긋는 것이다. 그
것이 직립하는 것들이 대부분이 겪고 있는 "이상과 현실
사이의 관계"(「변명」)일지도 모르는 일이다. 중요한 것은
그것들이 쉽게 조우하여 하나의 선으로 겹쳐지지 않는다는
사실이다. 뿐만 아니라 그 간극이 너무 커서 하나의 선은 고
사하고 '화해'라는 보다 넓은 감각을 만들어낼 수조차 없
다. 서정적 자아의 좌절은 이런 간극에서 비롯된다. 그 공백
이 곧 그의 자의식이며, 자아는 여기서 방황하게 된다.

넓은 운동장 배불뚝이 코흘리개 소꿉놀이 친구들, 탁 트인
운동장 아래 공기놀이나 고무줄놀이, 고무줄이 늘어날 때만 골
라 덤벼 검정 고무줄 끊고 달아나던 개구쟁이 5학년 3반 철수,
청기 국민학교 나의 너그러운 미소, 사내애들이 다칠세라 굽은
허리 굽혀 깨진 유리 조각 줍던 나, 곱사등 한번 펴지 못하고
잔심부름 싫다고 하지 않고 새마을 모자 눌러쓴 허리를 굽은
학교 지킴이 여기저기 흩어진 굴레마다 흔적들이 솟아난다.

아마도 그때는 나의 눈이 깨진 유리 조각을 박아놓은 듯한 외
눈박이여서, 귀신이 땅을 돌리고 우물물이 쏟아지고 땅덩이가
호박덩이처럼 데굴데굴 굴러간다는 괴담을 마주하던 날 이후,
눈알 두 개 달고 이리저리 굴러다니는 자유가 거울 속에선 하나
같이 밝혀 있는 깨진 유리 조각이란 것을 조금은 이해하게 되었
다. 청기 국민학교 소사 아저씨 19살로서 6.25 전쟁터에서 다시

학교로 빠져나올 수 있었던 파편이라고, 발밑에서 피가 나도 조
심해야 한다고 걱정을 앞세우던 나, 산 위, 골짜기, 개천에 널브
러져 썩던 시체 냄새 맡고 자란 나의 희미한 어깨가 멀다
                                        － 「유리알 거울」 전문

　이 작품은 「주름」의 연장선에 놓여 있는 시이다. 빛과 대
비되는 거울이 이 작품의 소재라는 점에서 그러한데, 우선
이 작품 속에 사유되는 정서의 밀도는 다층적이고 함축적
이다. 그런 이중성이 만들어내는 입체감이랄까 파노라마가
인용시의 특징이거니와 시인이 지금껏 고민했던 사유의 지
대가 적나라하게 펼쳐진다는 점에서 주목을 요하는 시이기
도 하다.
　우선 이 작품의 소재는 '유리알 거울'이다. 다시 말하면
소재가 이중적으로 겹쳐져 있는 것인데, 이런 이중성이야
말로 이 작품의 심층으로 들어가는 입구가 된다. 그 이해도
는 이렇게 펼쳐진다. 우선 '유리'라는 것은 투명성을 전제
한다. 이런 감각은 일종의 드러남이며, 숨김과는 전연 동떨
어진 정서이다. 그러니까 시인은 지금 이 '유리'를 투과시
킴으로써 자신을, 혹은 그를 둘러싼 현실을 응시할 수 있
다. 이를 수용한다면, 이 작품은 적어도 두 가지 중층성을
갖게 된다. 가령, 전반부와 후반부의 감각이 현저하게 다른
것이 그것인데, 작품을 읽어보면 대번에 알 수 있는 것처럼
전반부, 그러니까 1연을 지배하는 것은 '유리알'의 감각이
다. 자아는 이 투과 장치를 통해서 지나온 과거를 투명하게
응시한다. 이런 서정적 장치에 의해 지배되는 부분, 곧 1연

은 통사론적 질서가 온전히 지켜지고 있고 그 의미 또한 비교적 선명하다. 이런 내포는 실상 의미심장한 부분이라 할 수 있을 것이다. 다시 말하면, 원관념과 보조관념이 만들어내는 시적 긴장이 현저히 미달되어 있는 것인데, 이 감각이 독자로 하여금 의미의 해독을 보다 용이하게 했을 것이다.

하지만 2연에 이르게 되면, 사정은 매우 다른 양상으로 전개된다. 여기에는 자아를 매개하는 거울의 단계가 제시되는 까닭이다. 이로부터 시적 자아는 단일한 정체성을 잃기 시작하면서 기호들은 자신의 시니피에를 서서히 잃어버리게 된다. 그에 기대어 유리 속에 비춰졌던 의미의 건강성, 삶의 건강성은 사라지게 된다. '유리알'로 투명하게 응시된 '거울', 거기에는 온갖 군상들이 선명한 조형성을 상실한 채 어지럽게 펼쳐지면서 혼돈의 투기장이 된다. 그 혼돈이야말로 자아의 현존을 말해주는 구경적 모습일 것이다.

겨울 저녁은 쉼 없는 후원자
집착이 파고 들어간 자리마다 퍼렇게 보이는 흰 뼈
일으켜 세운 한 그루 물이 거울로 서 있다

심장에 뜨거운 절기를 내주지 않았다면 찬바람은 온종일 붙어있는 고시원 쪽을 지지했을 것이다

질긴 고집을 떼지 못한 자리는 몇 개의 계절이 섞여 들어 뭉툭하다

한 계절을 나는 동안 나를 찾아와 매달리겠지 인내를 꾹꾹

짜 한 방울씩 수혈받고 있다

그리곤 동안거에 들었다
오래 살가워지면
새까만 흉터로 묵묵해지는 다락방의 피 흡혈하는 생처럼 길
들인 망각
저 너머
왜소해지는 시간의 소실점이

막대한 한 시절, 새살 되어 햇볕 돋아날 때

추억이 기꺼이 풀려나도 집착은 잡히지 않을 것이다
그러므로
계절의 쪽방에는 흔적이 없을 것이다
당신이 착취한

핏기 없는 잔가지 끝에서 고시원은 막 자리를 펴고 있다
　　　　　　　　　　　　　　　　　　　- 「거머리」 전문

　이 작품은 '거머리'를 통해서 존재론적 한계에 갇힌 자
아의 모습을 적나라하게 펼쳐 보인 시이다. '거머리'가 갖
고 있는 신화적 의미는 끈질김과 집착인데, 여기서도 그러
한 상상력은 그대로 재현, 유지된다. 물론 그 저변에 깔려
있는 것, 다시 말해 은유가 욕망임은 당연할 것인데, 지금
자아는 이 '거머리' 같은 욕망의 노예에서 벗어나지 못하
고 있다. 서정적 자아는 이를 '집착'이라고 하고 있거니와

이 정서가 욕망임은 당연할 것이다.

자아는 이로부터 자유롭고자 한다. 하지만 이로부터 벗어나려고 하는 것은 그저 또다른 '집착'에 불과할 뿐이다. 다시 말하면, 그 또한 '욕망'일 뿐인데, 집착이 집착을 낳는 형국이다. 그 연쇄가 자아로 하여금 이 굴레에서 한 발자국도 나아가지 못하게 한다. 그의 표현대로 궁극에는 '퍼렇게 보이는 흰뼈'만 남을 정도로 이 피드백은 계속 진행된다.

시인은 정서적으로 이런 집착으로부터 벗어나고자 하는 집착을 보임으로써 그것의 노예가 되고 있는 것인데, 다른 한편으로는 이로부터 탈출하고자 하는 시적 기제 또한 마련해 놓고 있다는 점에서 주목을 요한다. 그 의장이란 바로 자유연상적 흐름이다. 이 기법이 우연에 의한 이미지의 자유로운 결합에 있거니와 그 목적은 정신의 완전한 해방이었다. 시인은 비록 형식적인 국면이긴 하지만 욕망이나 파편이라는 한계로부터 벗어나고자 하는 의장을 준비하고 있었던 것이다.

3. 욕망을 초월하는 세 가지 방식

구지혜의 시들을 지배하는 것은 파편화된 정서이고, 이에 조응하는 언어 형식이다. 그의 시들은 해체적인 사고, 자유연상적인 흐름에 기대고 있는 것인데, 그렇다고 해서 시인은 자아를 고립이라는 감옥으로 쉽게 몰아넣지는 않는다. 시인은 그러한 한계로부터 탈출하고자 하는 가열찬 의지를 이 시집의 도처에서 보여주고 있기 때문이다. 그런 면에서 그의 시들은 초현실주의, 혹은 한때 유행하던 미래파의 범주 속에서 논의하는 것은 적절하지 않다고 하겠다. 앞서 살펴 본 것처럼, 시인은 일단 그러한 한계를 자유연상법에 의거해서 정신의 자유에 대한 해방 의지를 보여주었기 때문이다. 뿐만 아니라 내용 면에서도 형식에 준하는 사유를 계속 탐색하고 있다. 이런 면들이 시인의 시세계를 넓혀주는 외연이라고 할 수 있거니와 그만큼 시인의 작품 세계에는 단일한 주제의식에 갇혀 있는 것이 아니라고 할 수 있다.

> 여름, 가을, 겨울 견디어 풀려나온 죄수罪囚
> 봄으로 이송되었다
>
> 뿌리에서부터, 모든 수감收監은 캄캄하다 한 시절 응보應報로 헐거워지는 꽃잎의
>
> 혈색,
>
> 수도꼭지에 고무호스를 이었다
> 이 속으로, 몇 리터의 과업課業이
> 흘러들었을까
>
> 나를 뿌렸지
>
> — 「무기수」 전문

파편화된 정서를 감각하는 자아가 이로부터 벗어나기 위

해서는 무엇보다 자기 스스로에 대대 되돌아보아야 한다. 성찰의 감각이 그것인데, 이것이 서정시 본연의 임무 가운데 하나라는 점에서도 그 시사하는 바가 큰 경우이다. 이런 맥락에서 시인의 시들은 비록 일정한 한계가 있긴 해도 시인은 서정시라는 리리시즘을 굳건히 지키고자 했던 것으로 이해된다.

자아의 분열이나 해체가 외부적 환경과 충격으로부터 비롯된 것이긴 해도, 궁극에는 자아의 문제로 국한될 수밖에 없을 것이다. 일상에서 흔히 벌어지는 성찰이나 반성의 감각은 이와 밀접한 관련이 있을 것인데, 그것이 서정시의 영역이라고 하면 더욱 그러할 것이다. 「무기수」는 그러한 면에서 특징적 단면이 잘 드러난 시인데, 우선 제목이 '무기수'라고 한 것이 이채롭다. 실상 인간이 원죄라는 숙명을 초월하는 것은 불가능한 일이고, 그래서 어쩌면 '무기수'와 같은 실존의 존재로 은유되는 것은 아닐까. 시인은 그러한 감각을 계절이라는 순환 의식을 통해서 이해했는데, 계절이 영원의 감각과 분리하기 어려운 것이라면, 여기에 빗댄 자아의 모습, 곧 무기수라는 비유는 독특한 것이라 하겠다.

어떻든 그런 존재론에 갇힌 자아, 그래서 숙명에 휩싸인 존재라 하더라도 그 숙명으로부터 탈출하고자 하는 자아의 노력은 끊임없이 지속된다. 그것이 곧 내성이라든가 성찰이다. 이런 감각만으로도 서정적 자아는 순간의 자의식적인 해방감을 맛보았을 것이다.

장기의 안과 밖을 떼었다 붙였다
한생 벽관 수행해 온 타일 시공자

타일 등뼈에 망치를 두드리며
피침을 한 손에

들고

물고기의 가시와 녹슨 장미가 허물지 못하도록
속 깊은 데까지 말갛게 드러내지 못하도록

꽃다운 노모 속으로 바닥의 내장을 밀어 넣는다

망치의 두개골에 타일을 두드리며
한 손에 피침을

들고

늙은 청춘 속으로 벽의 허파를 밀어 넣는다

암 덩어리를 해부한다

하수구 도랑의 하얀 물 알갱이가
화장실 물관을 빠져나가는 극야

이제 그는 새로운 암 치료법을 개발하고 있다

> 핀란드의 친구들은
> 자작나무의 구멍을 호소하기 위해 그를 여행 중이다
> — 「떠발이」 전문

　「떠발이」는 시인의 작품 가운데 그 의미가 분명하다는 점, 그리고 그 음역이 사회적인 것과 밀접히 결합되어 있다는 점에서 색다른 경우이다. 뿐만 아니라 일상의 평범한 일들이 상상력이라는 날개를 입고 보다 큰 형이상학적 의미로 확대되는 음역을 갖고 있는 시이기도 하다.

　실상 이 작품의 주제는 "핀란드의 친구들은/자작나무의 구멍을 호소하기 위해 그를 여행 중이다"에 있을 것이다. 여기서 '그'란 수선공이고, 그의 임무는 병든 곳, 잘못된 곳을 수리하는 자이다. 여기까지 보면, 그의 시들이 만들어지는 발상이 일상과 깊이 결부되어 있음을 알 수 있다. 일상이 시의 소재가 되고, 거기서 구체성이 만들어지는 것이 모더니즘, 그 가운데 이미지즘의 고유한 수법임을 감안하면, 인용시도 이 범주 내에 있는 것이라 할 수 있다.

　「떠발이」가 시인의 다른 시와 달리, 사회적 영역과 밀접히 결부되어 있는 것이라고 했는데, 이는 근대가 문명과 불가분의 관계에 놓여 있는 것이라는 점에서 그러하다. 잘 알려진 것처럼, 근대는 이중적인 것, 곧 명암이 있는 것이었다. 물론 시인이 여기서 주목한 것은 부정성의 감각이었을 것이다. 시인은 이에 대한 회복을 '수리공'이라는 일상의 정서 속에 풀어낸 것인데, 어떻든 시인이 여러 지점에서 자신의 서정을 짜고 이를 담론화하는 넓이, 혹은 깊이를 보여주었다는 점에서 그 의미를 찾아야 할 것이다.

영양 정자마을 펜션에 접시꽃들이 활짝 핀 향우회 밴드, 앞
냇가 동천에 강물이 가득 닿아서 핸드폰 액정 화면 속으로 꽃
줄기가 흠뻑 흘러들고 있습니다. 200년 전 부족이 틔웠을 새벽
강, 새벽을 낳던 어둠의 씨앗이 아득하기만 합니다. 새벽에 강
을 심고 씨를 뿌리는 것이 통상 주기週期를 통해 형성되어 풍
성해지는 동지섣달 그믐날 같았습니다.

큰비가 내리고 물이 불어 100년 돌다리가 떠내려가던 여름

60년 전에 별이 되었던 후손이 찾아와 계시를 주던 나의 형
님, 집터엔 몇 세대 스쳐 지나가고 등골 댁, 하서 영서 은서 3형
제의 아버지 매산 댁, 동네 훈장이셨다던 글 사장 댁 손녀 춘자
였는데 소식을 알 수 없습니다 동학이 할아버지 연동 댁, 서울
의 따님이 살고 있다는 장평 댁, 대우 할아버지 모두 소식 없이
사라진 이곳 집터, 안동 소매치기 왕초 태봉의 부친이셨다던
주막집 댁, 영학

강 중흥中興은 모든 첫 순결의 지속으로 가 닿았다 지워지면
서 다시 되새겨졌다가

후손이 거주했던 구미로 이주한 대산 댁 둘째 아들 솥바리
끝이라 묶을 수 있는 부족部族으로서의 강으로 흐르곤 하였
습니다

바람이 불어오는 곳으로 담배 발을 새끼줄에 매달아 주던 영

양마을, 베잠방이를 입은 아제의 불알이 덜렁거리며 흔들리던 세월이 아득하게 전해옵니다.

　언제 어떻게 어디로 흘러 섬이 되었더라도 섬은 다 강물이라
그 강바람을 곱게 부수어 뿌리가 잘 가라앉을 수 있도록 동천
이 흘러드는 마을 입구 담벼락 밑 접시꽃을 띄우는 어느 섬 같
은 여름날 있었습니다
　－「정자마을에서 띄우는 김형권 교장 선생님의 종이배」 전문

　자아를 파편의 감각에 둘 것인가 아니면 완결된 감각으
로 나아갈 것인가는 시인마다 처해진 고유한 상황에 의해
결정될 것이지만, 보통 후자의 방향으로 나아가는 것이 일
반적인 경로이다. 그러한 사례들은 우리 시사에서 흔히 볼
수 있는 것인데, 가령 자연을 완결된 감각으로 수용한 정지
용의 경우가 그러하다. 물론 이런 사례들이 모더니스트들
에게서만 드러나는 것은 아니다. 자아와 세계의 거리 속에
놓인 서정시들이 추구하는 궁극적 모형 또한 이와 비슷한
여정을 보여주고 있기 때문이다. 그 하나의 사례로 들 수
있는 것이 서정주의 경우이다. 「화사」 이후 끝없는 자아의
여행 속에서 그가 발견한 것이 '신라'라는 영원주의였기
때문이다. 그는 여기서 더 나아가 자신이 태어나고 자라났
던 '질마재'에서 다시 한번 그러한 감각을 되살려내었다.
그것이 바로 일상 속에서 걸러진 영원이었다.
　구지혜의 인용시가 말하는 '영양 정자 마을의 펜션'이
란 무엇을 말하는 것인가. 그가 묘파해낸 이곳은 지나온 과

거의 역사가 전해 내려오는 곳으로 판단된다. 그 역사란 어림잡아 약 200여 년 전부터 시작되고, 그 담당 주체는 어느 특정의 부족이다. 여기서 특징적인 것은 이곳에 삶의 장을 펼쳤던 주체를 부족이라고 지칭한 점이다. 이 단어에서 풍기는 감각처럼 그것은 근래의 역사가 아니라 먼 과거의 이야기, 궁극에는 시원의 시간에 가까운 공간을 지칭한다.

그리고 그 유현한 역사는 근대 사회에 들어서도 계속 전승된다. 60여 년 전의 이야기로 시간이 단축되어 내려오고 있는 것이다. 하지만 중요한 것은 그 짧은 시공성이 아니다. 그것은 지금 이 마을에서, 아니 시인의 의식 속에서 생생하게 살아있는 과거라는 점이 강조되어야 할 것으로 보인다. 아득한 과거로부터 불과 몇십 년 전까지 내려오는 마을의 전설이 시인의 의식 속에서 지워지지 않은 심연으로 남아있는 까닭이다. 이는 다른 말로 하면 영원이다. 일상 속에서 걸러진 영원인데, 마치 서정주의 「질마재 신화」가 이 작품 속에 그대로 오버랩되고 있는 듯하다.

수양이라는 과정 속에서, 그리고 문명의 어두운 면에 대한 대응 담론을 찾아내면서 서정적 자아 속에 굳건히 자리했던 정서의 파편들은 이제 하나씩 모아지기 시작한다. 그러한 집적이 낳은 것이 「정자마을에서 띄우는 김형권 교장 선생님의 종이배」일 것이다. 거기서 서정적 자아는 더 이상 분열되지 않는다. 영원의 감각이 흩어진 조각들을 하나로 모아서 하나의 유기체로 잘 빚어놓았기 때문이다.

여기서 알 수 있는 것처럼, 시인의 시에서 신화와 전설의 세계는 매우 유효하다. 뿐만 아니라 일상 속에서 전달되는 민담 또한 마찬가지의 경우이다. 「노숙」은 그러한 세계를 잘 구현해 주고 있다. 마을 한켠에서 유유히 흐르는 '교장 선생님의 종이배'들이 들려주는 아름다운 이야기를, 사라지지 않은 신화를, 영원을 자아에게 흡입시킨다. 이를 받아들인 자아는 더 이상 파편화된 의식의 흐름 속에 갇히지 않아도 되고, 우연의 논리에 함몰되지 않아도 된다. 뿐만 아니라 시니피앙이 주는 유희 속에 빠지지 않아도 된다. 이 또한 정신의 해방임은 분명하지만 결코 완전한 것은 아니었다. 시인은 여기서 한 단계 더 준비했는 바, 기호 놀이를 멈추기 위한 최후의 기제는 이렇듯 분열된 자아를 뚫고 들어온 영원이라는 접착제이다. 그 견고한 결합이 분열된 자아, 파편화된 자아를 치유하고, 초월의 지대로 나아가게 만든다. 시인의 기호 놀이는 아마도 거기서 일단 멈추게 될 것으로 보인다. 이번 시집은 그 단초가 된다는 점에서 의미가 있는 것이라 하겠다.

송기한 | 문학비평가

시와정신시인선 41

안녕, 나의 創世 편의점
ⓒ구지혜, 2022

초판 1쇄 | 2022년 11월 15일

지 은 이 | 구지혜
펴 낸 곳 | **시와정신**
주   소 | (34445) 대전광역시 대덕구 대전로1019번길 28-7
　　　　　신창회관 2층
전   화 | (042) 320-7845
전   송 | 0507-713-7314
홈페이지 | www.siwajeongsin.com
전자우편 | siwajeongsin@hanmail.net

공 급 처 | (주)북센 (031) 955-6777

ISBN 979-11-89282-39-4   03810

값 10,000원